Ottilie Wildermuth

Der Einsiedler im Walde

Eine Weihnachts-Geschichte aus Amerika

Ottilie Wildermuth

Der Einsiedler im Walde
Eine Weihnachts-Geschichte aus Amerika

ISBN/EAN: 9783743389809

Hergestellt in Europa, USA, Kanada, Australien, Japan

Cover: Foto ©Andreas Hilbeck / pixelio.de

Manufactured and distributed by brebook publishing software (www.brebook.com)

Ottilie Wildermuth

Der Einsiedler im Walde

Der Einsiedler
im Walde

Eine Weihnachtsgeschichte aus Amerika

von

Ottilie Wildermuth

ABRIDGED AND SIMPLIFIED

WITH EXERCISES FOR DRILL

BY

A. ALBIN FISCHER
MASTER OF GERMAN IN THE EPISCOPAL ACADEMY,
PHILADELPHIA

FOURTH EDITION

NEW YORK
HENRY HOLT AND COMPANY
F. W. CHRISTERN
BOSTON: CARL SCHOENHOF

PREFACE TO THE THIRD EDITION.

Since this book is primarily a continuation of my *Practical Lessons in German*, I have not hesitated to mould to my purpose the original text of *Der Einsiedler*—a story which already combined in no ordinary degree simplicity of style, usefulness of vocabulary and attractiveness to pupils of all ages. Upon this foundation is built a variety of exercises, the specific nature of which in most cases is obvious. I may perhaps be permitted a few suggestions to inexperienced teachers.

In class I usually first go carefully over the portion of text set apart for the lesson, questioning and explaining; then I read it through once or twice continuously, and rather rapidly, and after that put the main stress on a mastery of the exercises.

A faithful use of the Worterklärungen, with the supplementary drill of Aufgabe 1 (b), should result in a clear apprehension of the exact meaning of the new words in their most frequent applications.

On reviewing in class the questions in Aufgabe 1 (a), which are designed largely for private drill, the teacher will naturally add to them, or substitute for them, others more detailed and devised on the spot.

In Aufgabe 2 the pupil's attention is particularly directed to inflection, and the teacher will, of course, insist with special rigor on accuracy in the use of articles, case endings and verb forms.

The grammatical exercise found at the close of every chapter save one should give a clear, definite and practical knowledge of the rule immediately preceding it. With pupils whose grammatical understanding is but imperfectly developed I have found it a good plan first to go over the lesson myself, and then have the pupil do it after me.

I will add, in conclusion, that the best results should not be expected from the use of this book with pupils who are too immature to study by themselves, or who have not previously mastered the substance of some such course of lessons as that laid down in the particular book this is intended to follow.

A. A. F.

PHILADELPHIA, June, 1893.

Der Einsiedler im Walde.

Eine Weihnachtsgeschichte aus Amerika,

nach

Ottilie Wildermuth.

Erster Abschnitt.

Kapitel I. §§ 1-3.

1. Wo bei uns in Deutschland ein Dorf[1] steht oder eine Stadt, da scheint es uns, die müssen von jeher[2] da gewesen sein[3]. Niemand[4] weiß in der Regel[5], wer sie gegründet[6] oder gebaut[7] hat, und in der That[8] scheint sich auch niemand viel darum zu kümmern[9].

2. In Amerika ist das ganz anders, und ist noch mehr so gewesen vor[10] fünfzig oder sechzig Jahren. Da sind Dörfer und Städte wie aus dem Boden[11] gewachsen[12] und nach zehn Jahren konnte man eine Gegend[13] oft gar nicht mehr erkennen[14].

3. So steht denn auch ein freundliches Dorf, Neubruch genannt, unweit[15] eines großen Waldes[16]. Da lebten noch Leute, die sich erinnern konnten, wie ein deutscher Bauer[17] das erste Stück Wald ausgehauen[18], sich ein Blockhaus gezimmert[19] und ein Stückchen Land umgegraben[20] hatte.

NOTE.—The teacher is advised, before using this book, to carefully read the introduction.

There is, of course, no absolute necessity for using all the exercises, or using them as I do.

Worterklärung.

¹ Das Dorf. Eine kleine Stadt ist ein Städtchen, und was darunter steht, nennt man ein Dorf. Ein Dorf hat selten über 500 Einwohner. **² Von jeher** bedeutet: immer, von Anfang an. **³ Gewesen sein** ist der Infinitiv Perfecti von „sein" [Anhang V, 2.]. **⁴ Niemand** = keine Person, kein Mensch. **⁵ In der Regel** bedeutet: gewöhnlich. **⁶. Gründen** bedeutet: den Grund legen. **⁷ Bauen:** konstruieren, machen. Wir „bauen" ein Haus, eine Kirche, ein Hospital etc. **⁸ In der That** = faktisch, wirklich. **⁹ Sich kümmern** (um). „Ich kümmere mich nicht um dieses oder jenes" bedeutet: ich interessiere mich nicht dafür, es macht mir nichts aus. **¹⁰ „Vor fünfzig Jahren"** bedeutet: fünfzig Jahre vor unserer Zeit. Goethe und Schiller haben vor hundert Jahren gelebt. **¹¹ Der Boden** = der Grund, die Erde. **¹²** Participium Perfecti von **wachsen,**—ich wachse, wuchs, bin gewachsen ["Practical Lessons," Lekt. 22, Gram.]. **¹³ Die Gegend** = der Distrikt, die Region. **¹⁴ Erkennen,** erkannte, erkannt: Wenn ich an einer Person, welche ich „kenne", vorübergehe und nicht weiß, daß es diese Person ist, so „erkenne" ich sie nicht. **¹⁵ Unweit** = nicht weit, nicht fern, in der Nähe. **¹⁶ Der Wald.** Viele Bäume machen einen Wald oder Forst. **¹⁷ Bauer,** m. Ein Mann, welcher das Land bebaut oder kultiviert, heißt „Bauer". Ein Bauer ist ein Landmann; Bauern sind Landleute. **¹⁸ Aushauen,**—ich haue aus, hieb aus, ausgehauen [Anh. VI, 4.]. Vergleiche damit das englische hew. „Den Wald aushauen" bedeutet: den Wald „lichten". Den Platz, wo man den Wald ausgehauen hat, nennt man die „Lichtung". **¹⁹** Part. Perf. von **zimmern** [vergl. Zimmer, n.] = bauen. Der Mann, welcher die Holzarbeit an einem Hause thut, heißt der „Zimmermann". **²⁰** Part. Perf. von **umgraben,**—ich grabe um, grub um, umgegraben. Der Gärtner gräbt das Land mit einem Spaten um.

Aufgabe 1.

(a) Kennt man in Deutschland gewöhnlich den Ursprung eines Dorfes oder einer Stadt? Kümmern sich die Leute in der Regel viel darum? Wie ist es hier zu Lande (= in diesem Lande)? Wann ist es noch mehr so gewesen? Wie sind damals (zu jener Zeit) Dörfer und Städte entstanden? Was konnte man nach zehn Jahren oft gar nicht mehr? Wie heißt das Dorf, von welchem in dieser Erzählung die Rede ist? Wo steht dasselbe? Wessen erinnerten sich die älteren Bewohner dieses Dorfes noch? Was also hatte dieser deutsche Bauer gethan?

(h) Was verstehen Sie unter einem Dorf? Was bedeutet: von jeher? Welche Phrase bedeutet: gewöhnlich? Wie kann man sagen anstatt: „Es macht mir nichts aus"? „Was macht das mir aus?" Vor wie langer Zeit lebte G. Washington? Was verstehen Sie unter dem Wort „Gegend"? Erkennen die Menschen in der Regel ihre eigenen Fehler? Was bedeutet: unweit? Wald? Bauer? Was verstehen Sie unter einer „Lichtung"? Was thut der Zimmermann? Was thut der Gärtner mit dem Spaten?

Aufgabe 2.

(1) Wo —— in Deutschland ein — steht oder — Stadt, da — es uns, die müssen —— da ——. Niemand ————, wer sie — oder — hat, und —— That scheint — auch niemand viel ———. (2) In Amerika ist das ———, und — noch mehr so —— fünfzig oder sechzig —. Da — Dörfer und Städte — aus — Boden — und nach zehn — konnte man eine — oft — nicht mehr —. (3) So steht denn auch ————, Neubruch genannt, — eines groß. —. Da — noch Leute, die — konnten, wie ein deutsch. — das erst. Stück Wald —, sich ein Blockhaus — und ein — Land — hatte.

Grammatik.

Der Schüler vergleiche folgende zwei Sätze:—
1. Wer **hat** diese Stadt gebaut?
2. Niemand weiß, wer diese Stadt gebaut **hat**.

Regel.—In der **abhängigen** (indirekten) **Frage** (2.) steht das Zeitwort, und wenn dasselbe zusammengesetzt ist, das **Hilfszeitwort**, immer **am Ende**. [Vergl. auch "Pr. L.," Lekt. 25, Gram. A.]

Aufgabe 3.

(Schriftlich und mündlich.)

Der Schüler setze vor jeden der folgenden Sätze die Worte: „Ich weiß nicht," oder: „Wissen Sie?" oder: „Können Sie mir sagen?" u. dergl. Wer ist jener Mann? Woher kommt er? Was will er? Was hat er gewollt? Wann ist er gekommen? Wann wird er wieder abreisen? Warum sind Sie so ruhig? Warum haben Sie das Buch noch nicht gelesen? Wie lange wird die Lektion noch dauern? Wann wird der Tisch gedeckt? Ist das Essen schon aufgetragen? (Ob.) Kann ich das? Wollen Sie das? Müssen wir zusammen in die Stadt gehen? Hat der Wirt unsere Rechnung schon gemacht? Wie befindet sich Ihre Frau Mutter jetzt? Erinnern Sie sich jener Anekdote noch? Aus wie vielen Kapiteln besteht diese Erzählung? Wo steht Neubruch?

Zweiter Abschnitt.

Kapitel I. §§ 4-6.

4. Der Boden hatte sich fruchtbar[1] gezeigt, es waren andere Ansiedler[2] dazu gekommen, Werkleute von Deutschland herüber, die bessere Häuser von Holz und Steinen gebaut (hatten),—und nun stand da ein freundliches kleines Dorf mit etwa vierzig Häusern. Vor manchen waren Blumengärtchen, worin sie Rosen, Tulpen und Lilien pflanzten, wie sie drüben in der Heimat geblüht (hatten); die Männer bestellten[3] das Feld, die Frauen ihr Haus, ein lustiges[4] Kindervolk spielte[5] umher, und es war nichts mehr davon zu sehen, daß vor nur siebzig Jahren hier nur Wald und Wildnis gewesen war. Eine Kirche hatten die Einwohner von Neubruch noch nicht, sie mußten fast zwei Meilen weit gehen, um in eine zu kommen; aber eine Schule hatten sie und einen braven[6], verständigen[7] Schulmeister, der schon weit in der Welt herumgekommen war.

5. Das Schulhaus, wohin Knaben und Mädchen wanderten, stand frei ganz am Ende des Dorfes und hatte schöne, lustige Spielplätze ringsum, die den Knaben vielleicht ebenso lieb[8] waren als Herrn Bauers Schulstube, obgleich[9] sie ihn gern hatten[10].

6. Da trieben[11] sie sich in den Pausen in allerlei[12] wilden Spielen umher, oft laut genug, nach Knabenart[13]. Die Mädchen sammelten[14] sich besonders[15] auf einem kleinen Hügel[16] hinter dem Schulhaus und unterhielten[17] sich mit stilleren Spielen; die Buben kümmerten sich nicht viel darum. Nur wenn die Mädchen anfingen zu rufen: „Der alte Poppel kocht!" dann sprangen auch die Buben herbei und stellten sich auf die Zehen[18] oder stiegen[19] auf erhöhte Steine; alle sahen hinüber nach dem nahen Wald. Wenn sie dann dort eine dünne Rauchsäule[20] aufsteigen sahen, so schrieen[21] alle: „Der alte Poppel kocht! der alte Poppel kocht!" Der alte Poppel war ein Mann, den niemand im Dorfe kannte; er war vor langer Zeit hergekommen und wohnte draußen im Wald.

Worterklärung.

[1] **Fruchtbar** = was viel „Frucht" hervorbringt, produktiv. [2] **Der Ansiedler** = der Kolonist; die Ansiedelung = die Kolonie. [3] „**Das Feld bestellen**" bedeutet: es bebauen, es kultivieren. Man sagt aber auch: das Haus bestellen. [4] **Lustig** = froh, fröhlich, glücklich. [5] **Spielen**. Erwachsene Personen arbeiten, Kinder arbeiten noch nicht, sie „spielen" nur. Was sehr leicht zu thun ist, nennt man ein „Kinderspiel". Spielen Sie Klavier (= Piano), Herr Doktor? [6] **Brav** = gut. [7] **Verständig**, von verstehen, bedeutet: klug, weise. [8] **Lieb** — teuer. „Etwas ist mir lieb" bedeutet: ich liebe es. [9] Konjunktion (vergl. "Pr. L.," Lekt. 25, Gram. A.). [10] Die Kinder „hatten" den Schulmeister „gern" bedeutet: sie liebten ihn. [11] „**Sich umhertreiben**" bedeutet: „unthätig umhergehen". Die Vagabunden treiben sich im Lande umher. (Treiben, trieb, getrieben.) [12] **Allerlei** = alle Arten oder Sorten. [13] **Knabenart**, f., ist die Art oder Manier der Knaben. [14] **Sich sammeln**, von „sammeln" = zusammenbringen.

Sich sammeln: zusammen kommen. ¹⁵ **Besonders** = für sich, allein. ¹⁶ Der **Hügel** = ein kleiner Berg. ¹⁷ **Sich unterhalten,**— ich unterhalte mich, unterhielt mich, habe mich unterhalten, bedeutet gewöhnlich: „zusammen sprechen"; hier bedeutet es: „sich amüsieren". ¹⁸ **Zehe,** f. Die Hand hat fünf Finger, der Fuß fünf Zehen. ¹⁹ **Steigen,** stieg, bin gestiegen, syn. klettern, klimmen. ²⁰ Wenn wir Holz oder Kohle etc. verbrennen, so entsteht **Rauch,** welcher in die Luft (Atmosphäre) steigt. Der Rauch ist gewöhnlich blau oder bläulich, zuweilen grau. **Säule,** f. = ein runder Pfeiler. ²¹ **Schreien,** schrie, geschrieen = sehr laut rufen.

Aufgabe 1.

(*a*) 4. Wie hatte sich der Boden von Neubruch gezeigt? Wer war hinzugekommen? Was hatten diese deutschen Werkleute gethan? Wie groß war Neubruch damals? Was befand sich vor manchen Häusern? Womit waren die Männer beschäftigt? womit die Frauen? Arbeiteten die Kinder auch? Was war Neubruch vor nur siebzig Jahren gewesen? Hatten die Bewohner von Neubruch eine Kirche? Wie stand es um eine Schule? Was für einen Schul= meister hatten sie?

5. Wo stand das Schulhaus? Hatten die Kinder ihren Lehrer gern? Was hatten die Knaben ebenso lieb wie die Schule? Haben Sie diese Erzählung gern, Fräulein M.?

6. Was thaten die Buben in den Pausen? Spielten die Mädchen mit ihnen? Wo sammelten sie sich? Womit unterhielten sie sich? Kümmerten sich die Knaben um die Spiele der Mädchen? Wann sprangen sie jedoch herbei? Was thaten sie, um den Rauch zu sehen? Wer war der alte Poppel? Kannten ihn die Leute im Dorfe? Wann war er nach Neubruch gekommen? Wohnte er im Dorfe selbst?

(*b*) Bitte, erklären Sie mir folgende Wörter: fruchtbar, Ansiedler, lustig, brav, lieb, allerlei, Hügel, Knabenart, ſchreien, beſonders.—Wie ſagt man anſtatt „das Feld kulti‍vieren" gewöhnlicher? Wie nennt man die Beſchäftigung der kleinen Kinder? Welches Wort in dieſer Lektion be‍deutet: klug, weiſe? Welche zwei Wörter zuſammen bedeuten ſoviel wie: „lieben"? Was thun die Vagabunden? Was iſt das gut deutſche Wort für „Kollektion"? Welches reflexive Zeitwort bedeutet: 1. zuſammen ſprechen, 2. ſich amüſieren? Hat der Fuß auch Finger? Was thut der Rauch?

Aufgabe 2.

(4) Der Boden hatte ſich — gezeigt, es waren andere — dazu gekom‍men, — von Deutſchland herüber, — beſſere Häuſer von — und — ge‍baut hatten, und nun — da ein — — Dorf mit — 40 Häuſern. Vor manchen waren —, worin ſie —, — und — pflanzten, wie ſie drüben in der — geblüht —; die Männer — d. Feld, die Frauen — —, ein — Kindervolk — —, und es war nichts mehr — zu ſehen, — — nur ſiebzig Jahren hier nur — und — — —. Eine K. hatten die — von Neubruch noch nicht; ſie mußten — zwei Meilen — gehen, — in eine — kommen; aber — Schule — — und einen —, — Schulmeiſter, — ſchon weit in der Welt — —. (5) Das Schulhaus, wohin Knaben und — —, — frei ganz — Ende — Dorfes und hatte ſchöne, — — ringsum, die den Knaben vielleicht — — waren als Herrn Bauers —, — ſie ihn — —. (6) Da — — — in d. Pauſen in — wilden Spielen —, oft laut genug, — .... art. Die Mädchen — — beſonders auf einem kl. — hinter — Schulhaus und — — — mit ſtiller. Spielen; die Buben — — nicht viel —. * * * * Der alt. Poppel war ein Mann, — niemand im Dorfe —; er war — lang. Zeit hergekommen und wohnte — im —.

Grammatik.

Werkleute von Deutſchland, **die** beſſere Häuſer gebaut hatten. Spielplätze, **die** den Knaben ebenſo lieb waren. Ein Schulmeiſter, **der** ſchon weit in der Welt herum‍gekommen war.

Regel.—Anſtatt der Formen: **welcher, welche, welches,** Pl. **welche** etc. kann man auch die Formen: **der, die, das,** Pl. **die** etc. brauchen.

Ueber die Wortstellung nach den **relativen** Fürwörtern siehe "Pr. L.," Lekt. 25, Gram. A.

Weiteres folgt in Abschnitt IV.

Dritter Abschnitt.
Kapitel I. §§ 7-10.

7. Wenn es möglich[1] war, so zog[2] dann nach der Schule ein kleiner Trupp der wildesten Jungen hinaus in den Wald. Hier stand bei der ersten Lichtung auf einem kahlen[3] Hügel die Wohnung des alten Mannes, den sie, man wußte nicht warum, den alten Poppel nannten.

8. Es ist eine eigene[4], oft recht grausame[5] Lust[6] bei Kindern, solche Leute zu necken[7], die nicht geneckt sein wollen. Seit[8] nun die Kinder von Neubruch gemerkt[9] hatten, daß der alte Poppel die Kinder nicht leiden[10] konnte, seitdem war's gerade ihre Lust ihn zu reizen[11]. Sobald sie an dem Rauch aus seiner Hütte sahen, daß er daheim[12] sei, schlichen[13] sie so nahe, als sie konnten, zu dem elenden[14] Häuschen hin und schrieen: „Alter Poppel, was kochst du?" „Alter Poppel, schmeckt's?" Wenn dann der alte Mann wütend[15] aus dem Häuschen hervorbrach[16] (= hervorkam), so liefen sie in wilder Flucht davon, und unten angekommen, riefen sie gewöhnlich noch einmal ein neckendes Wort zu ihm hinauf.

9. Die Eltern wollten das freilich[17] nicht erlauben, denn man erzählte allerlei schauerliche[18] Geschichten über den alten Poppel. Einige sagten, es sei ein Aussätziger[19]; er habe aber in seiner Hütte einen großen Haufen Gold und Silber vergraben, das habe man einmal gesehen. „Nein, ein Mörder ist's!" behauptete[20] ein anderer, „und er hat einmal

einen erschlagen[21], und hat den Leichnam[22] weit hergebracht durch den Wald und unter dem Hügel draußen vergraben; jetzt kann er nicht mehr fort aus Angst, daß man denselben finden möchte."

10. Der Schulmeister war der einzige Mensch, mit dem man, wenn er hie und da in dem Walde spazieren ging, den alten Poppel hatte sprechen sehen. Die Kinder bekamen[23] deshalb noch besonders großen Respekt vor ihrem Schulmeister. Auch die älteren Leute wollten alle vom Schulmeister wissen, wer denn der geheimnisvolle[24] alte Mann sei, und woher er komme? Das konnte ihnen aber auch der alte Schulmeister nicht sagen; nur so viel meinte er, der Alte sei sicher nicht so schlimm; es sei ein trübseliger[25] Mann, der wohl viel Unglück oder Unrecht von anderen erfahren (habe), aber böse sei er nicht; die Jungen sollten ihn nur in Ruhe lassen. Dazu aber hatten die Jungen keine Lust.

Worterklärung.

[1] **Möglich** ist das, was man thun kann. [2] **Ziehen,** zog, bin gezogen bedeutet: gehen. [3] **Kahl:** (1) ohne Haar, (2) ohne Vegetation, ohne Bäume. [4] **Eigen:** nicht leicht zu verstehen, wunderlich. [5] **Grausam.** Der Tyrann ist „grausam"; die alten Römer waren „grausam". Das Gegenteil ist: mild, menschlich, human. [6] **Die Lust,** syn. das Vergnügen. [7] **Necken** bedeutet ungefähr soviel wie: jemanden „plagen", Scherz (Witz) mit ihm treiben. [8] **Seit** ist eine Präposition und eine Konjunktion. „Seit" der französischen Revolution sind über hundert Jahre vergangen (Präposition). Herr Braun hat sich sehr verändert, „seit" ich ihn zum letzten Mal gesehen habe (Konjunktion). [9] **Merken:** sehen, observieren. [10] **Leiden.** Wir „leiden" Schmerzen. Hier bedeutet „nicht leiden" soviel wie: nicht lieben, nicht gern haben. [11] **Reizen:** irritieren, böse machen, ärgern. [12] **Daheim,** syn. zu Hause. [13] **Schleichen,** schlich, bin geschlichen = still, verstohlen (hinzu)gehen. Die Katze „schleicht" durch die Küche; der Dieb „schleicht" durch das Haus. [14] **Elend,** syn. schlecht, miserabel. [15] **Wütend,** syn. sehr ärgerlich. [16] **Hervorbrechen,**—ich breche hervor, brach hervor, hervorgebrochen. [17] **Freilich,** syn. natürlich. [18] **Schauerlich,** was uns schaudern macht. [19] **Ein Aussätziger,** ein Mensch, welcher den „Aus-

ſaß" hat,—eine unheilbare Hautkrankheit, welche im Orient ihren Wohnſitz hat. [20] **Behaupten**: emphatiſch erklären, ſagen. [21] **Erſchlagen**, erſchlug, erſchlagen, ſyn. totſchlagen. [22] Der **Leichnam**: ein toter Leib (= Körper). [23] **Bekommen**, bekam, bekommen. Ich „bekomme" oft Briefe von meinen Freunden. [24] **Geheimnisvoll**, ſyn. nicht offenbar, unerklärlich, nicht zu verſtehen, myſteriös. [25] **Trübſelig**, ſyn. traurig, melancholiſch. [Siehe Anhang V und VI, Konjunktiv.]

Aufgabe 1.

(a) 7. Was thaten die Knaben nach der Schule, wenn es möglich war? Wo ſtand die Wohnung des alten Mannes? 8. Was iſt eine eigene, oft recht grauſame Luſt bei Kindern? Was hatten die Kinder von Neubruch gemerkt? Was thaten ſie deshalb um ſo mehr? Was thaten ſie, ſobald als ſie an dem Rauch ſahen, daß er daheim ſei? Blieb der alte Mann ruhig in ſeiner Hütte, wenn er das Geſchrei der wilden Knaben hörte? Blieben dieſe ruhig ſtehen, wenn ſie jenen wütend aus ſeiner Hütte herauskommen ſahen? 9. Wollten die Eltern erlauben, daß die Knaben zu ihm hinaus in den Wald gingen? Was erzählten (ſich) die Leute über den alten Poppel? 10. Wer war der einzige Mann im Dorfe, den man zuweilen mit ihm ſprechen ſah? Welche Wirkung (Effekt, m.) hatte das auf die Kinder? Und auf die älteren Leute? Was wünſchten ſie vom Schulmeiſter zu wiſſen? Konnte er ihnen auf ihre Fragen antworten? Was meinte er von dem alten Mann? Was ſagte er, daß die Knaben thun ſollten? Hatten ſie Luſt dazu?

(b) Der Schüler erkläre die folgenden Wörter: möglich, zog, kahl, eigen, grauſam, Luſt, necken, ſeit, merken, leiden, daheim, ſchleichen; gebe die in dieſer Lektion vorkommenden

Synonyme für: ärmlich, ärgerlich, fürchterlich, natürlich,
emphatisch erklären, totschlagen, mysteriös, melancholisch; und
erkläre endlich noch die Wörter: Leichnam und Aussätziger.

Aufgabe 2.

(7) Wenn es — war, so — — nach — Schule noch ein — der wil=
desten Jungen — in — Wald, wo bei — ersten — auf — — Hügel die
Wohnung des alt. Poppel —. (8) Es ist eine —, oft recht — Lust bei
Kindern, solche — zu —, die nicht — sein wollen. — nun die Kinder
von Neubruch — hatten, daß der — Poppel die Kinder nicht — konnte,
— war es gerade ihre — ihn zu —. Sobald sie an — Rauch aus —
Hütte sahen, daß er — —, — sie so nahe als sie —, zu dem — Häus=
chen hin und —: „Alter Poppel, — — —? „— Poppel, —'-?"
Wenn dann der alte Mann — aus — Hütte —, so — sie in — Flucht
—, und unten —, — sie — noch einmal — — Wort — — —.
(9) Die Eltern wollten das — nicht —, denn man erzählte — — Ge=
schichten über — — Poppel. Einige sagten, es — ein —; er — aber
in — Hütte — — Haufen Gold und Silber —, das — man einmal —.
„Nein, ein — —'-," behauptete ein anderer, „und er — einmal einen
—, und — den — weit her .... durch — Wald und unter — Hügel
draußen —; jetzt kann er nicht mehr fort — —, daß man — finden —."
(10) Der Schulmeister war der — Mann, mit — man, wenn er — und
— in — Walde — ging, den — Poppel hatte sprechen sehen. Die
Kinder — deshalb noch — groß. Respekt vor — Schulmeister. Auch
die älteren Leute wollten alle vom Schulmeister —, — — der — alte
Mann —, und — er —? Das — ihnen aber auch der — Schulmeister
nicht sagen; nur so viel — er, der Alte — — nicht so schlimm; es — ein
— Mann, der — viel Unglück oder Unrecht von anderen — —, aber
böse — — nicht. Die Jungen — ihn nur in Ruhe —. Dazu aber —
die Jungen keine —.

Grammatik.

Der Schüler lese und vergleiche aufmerksam nachstehende
Sätze :—

(a) 1. Einige sagten, der alte Poppel sei ein Aussätziger;
er **habe** aber in seiner Hütte einen großen Haufen Gold und
Silber vergraben. (Indirekte Rede.)

2. „Nein, der alte Poppel ist ein Mörder," sagte ein anderer, „und er hat einmal einen erschlagen etc." (Direkte Rede.)

(*b*) 1. Die Leute wollten vom Schulmeister wissen, wer der geheimnisvolle alte Mann sei, und woher er komme. (Indirekte Frage.)
2. Wer ist der geheimnisvolle alte Mann, und woher kommt er? (Direkte Frage.)

Regel.—In der **indirekten** Rede braucht man im Deutschen den Konjunktiv.

Aufgabe 3.

Der Schüler setze nachstehende Sätze in die indirekte Rede:—

(*a*) Herr Braun ist ein reicher Mann. Er hat den Brief noch nicht bekommen. Der alte Poppel hat einen erschlagen. Er hat den Leichnam durch den Wald gebracht und hat ihn unter dem Hügel vergraben. Er ist ein Mörder. Er hat viel Unglück und Unrecht erfahren; aber böse ist er nicht.

(*b*) Wer ist der alte Poppel? Woher kommt er? Was hat er in seiner Hütte vergraben? Wie befindet sich Ihr Herr Vater? Wo ist meine Mutter? Habe ich Sie recht verstanden? (Introduce the last three sentences by such phrases as: „Herr S. fragte mich" etc.)

Vierter Abschnitt.
Kapitel II. §§ 1–4.

1. Es war nahe vor Weihnachten[1] und dieses Fest wurde auch in Neubruch schön und fröhlich gefeiert. Die Bewohner, die aus England stammten[2], hielten[3] am Christabend einen fröhlichen Schmaus[4]; die deutschen Mutter aber, die schmückten[5] ein grünes Bäumchen mit kleinen Geschenken[6] und bunten[7] Lichtern, wie ihnen einst ihre Mütter gethan hatten in der fernen Heimat drüben, und die deutschen Fenster glänzten[8] helle in der heiligen Nacht. Das gefiel[9] denn auch den englischen Kindern; sie wollten alle auch einen „deutschen Baum". Bald war die Sitte[10] im Dorf allgemein, und die Kinder redeten lange vor und nach Weihnachten davon.

2. Nur war's etwas schwer, die Bäume zu bekommen, da[11] im Walde meist nur Laubholz[12] wuchs, das im Winter die Blätter verloren hatte und die Tannen[13] von tief innen geholt werden mußten. Man behalf[14] sich dann so gut man konnte, und es war eine besondere Ehre[15] und Freude, einen schönen Christbaum zu bekommen.

3. In einem kleinen Häuschen am Ende des Dorfes wohnte eine stille Frau, Frau Hall genannt, die mit wenig Leuten Umgang[16] hatte.

Elsbet, ihr einziges Töchterlein, nun bald dreizehn Jahre, war ein hübsches, munteres[17] und fleißiges Mädchen, in der Schule sehr beliebt, weil sie gegen alle gefällig und freundlich war und schön erzählen konnte. Auch ihres Nachbars, des reichen Fleischers Brosch Sohn, gewöhnlich der wilde Heiner genannt, war ein guter Kamerad der Elsbet.

4. „Du, Elsbet," erzählte er ihr rühmend [18] wenige Tage vor Weihnachten, „du solltest sehen, was für einen schönen Baum mir mein Vater von der Stadt mitgebracht hat, er steht hinten in unserem Fleischerstübchen. Weißt du, mein Vater hat ihn gekauft," sagte er mit einigem Selbstgefühl; „er mag [19] nicht erst lang im Wald herum laufen und Bäume suchen. Was bekommst du für einen?"

„Gar [20] keinen," sagte Elsbet und gab sich Mühe, kein betrübtes [21] Gesicht dazu zu machen. „Meine Mutter kann nicht in den Wald und einen holen, und kaufen kann sie auch keinen. Aber ein paar Lichtlein bekomme ich doch," setzte sie fröhlich hinzu, „und dann geh' ich hinaus auf die Gasse [22] und sehe alle die schönen hellen Fenster an; das ist auch schön!"

Nun that's dem Heiner leid [23], daß die Elsbet keinen Baum haben sollte, und doch wußte er nicht recht, wie er helfen konnte. Denn wenn er auch hätte großmütig [24] sein und der Elsbet seinen eigenen Baum überlassen wollen, so wußte er wohl, daß das sein Vater nicht zugeben [25] würde, und fürchtete auch, die anderen Buben könnten ihn auslachen [26].

Worterklärung.

[1] **Weihnachten**, auch „Christfest" genannt, ist das Fest, welches die christliche Kirche am 25. Dezember „feiert". [2] **Stammen**, von „Stamm" (the stem) bedeutet: kommen von oder aus. [3] **Halten**, hielt, gehalten. [4] Der **Schmaus**, syn. das Festessen. [5] **Schmücken**, schön machen, dekorieren. [6] Das **Geschenk** ist das, was man unentgeltlich (= ohne Geld) hingiebt. [7] **Bunt**, vielfarbig, hellfarbig, farbig. [8] **Glänzen**. Die Metalle „glänzen". „Glänzend" = brillant. [9] **Gefiel**, Imperfektum von „gefallen". Was wir gern haben, „gefällt" uns. Wie „gefällt" Ihnen diese Lektion? [10] Die **Sitte** ist das, was man allgemein thut; syn. der Gebrauch. [11] **Da**, eine kausale Konjunktion. [12] Das **Laubholz**: Gegensatz zu „Nadelholz". Das „Laub" bedeutet: die Blätter. Der Apfelbaum hat „Laub" oder Blätter, die Ceder, die Tanne etc. haben „Nadeln". [13] Die

Tanne ist der langgestreckte, pyramidenförmige Nadelbaum, welcher uns die schönen Christbäume liefert. ¹⁴ **Sich behelfen**, behalf, beholfen. ¹⁵ Die **Ehre**, von „ehren". Die Bibel sagt: „Du sollst deinen Vater und deine Mutter ehren, auf daß dir's wohl gehe, und du lange lebest auf Erden." ¹⁶ Der **Umgang**. „Frau Hall hatte keinen Umgang mit den Leuten" bedeutet: sie ging nicht zu ihnen, und sie kamen nicht zu ihr. ¹⁷ **Munter**, syn. lebhaft, fröhlich. ¹⁸ **Rühmen**, syn. großsprechen. ¹⁹ Er **mag** nicht = er wünscht nicht. ²⁰ **Gar** wird gebraucht, um die Negation zu verstärken, z. B. gar nicht = absolut nicht, gar kein = absolut kein. ²¹ **Betrübt**, syn. traurig; Gegenteil: lustig, fröhlich. ²² Die **Gasse**: eine kleine Straße. ²³ **Leid**, siehe Anhang, IV. ²⁴ **Großmütig**, syn. großherzig, freigebig. ²⁵ **Zugeben**, gab zu, zugegeben, syn. erlauben. ²⁶ **Auslachen**. Ich „lache" jemanden „aus" bedeutet: ich lache über ihn.

Aufgabe 1.

(a) (1) Um welche Festzeit spielte diese Geschichte? Wie wurde dieses Fest in Neubruch gefeiert? Woher stammten viele der Bewohner Neubruchs? Was hielten diese am Christabend? Was thaten die deutschen Mütter? War das eine Neuerung ihrerseits? Wem gefiel das auch? Was wollten sie ebenfalls? Wie war die Sitte bald im Dorf? (2) War es leicht, die Bäume zu bekommen? Warum nicht? Wie behalf man sich? Was war eine besonders große Ehre? (3) Wer wohnte in einem kleinen Häuschen am Ende des Dorfes? Hatte sie mit vielen Leuten Umgang? Was für ein Kind war ihr Töchterchen? Was machte sie so beliebt in der Schule? Was war ihr „der wilde Heiner"? (4) Was erzählte er ihr wenige Tage vor Weihnachten? Wo stand Heiners Christbaum? Warum, sagte Heiner, **habe** sein Vater den Baum nicht selbst aus dem Walde geholt? Bekam Elsbet auch einen Baum? Warum nicht? Was erwartet sie jedoch zu bekommen? Was gedenkt sie am Christabend zu thun?

Kümmerte sich Heiner um den Christbaum seiner Freundin? Wußte er ihr zu helfen? Warum gab er ihr (den) seinen nicht?

(b) Der Schüler erkläre: Weihnachten, stammen, der Schmaus, schmücken, das Geschenk, bunt, glänzen, gefallen, die Sitte, da, das Laubholz, die Tanne, Ehre; gebe die in der Lektion vorkommenden Synonyme für: lebhaft, groß= sprechen, wünschen, absolut nicht, absolut kein, traurig, kleine Straße, großherzig, erlauben, über jemanden lachen,—und bilde je einen Satz mit „Umgang haben" und „sich behelfen".

Aufgabe 2.

(1) Es war nahe vor — und dieses — wurde auch in Neubruch schön und — —. Die Bewohner, — aus England —, — am Christ= abend ein. fröhlich. —; die deutsch. Mütter aber, die — ein — Bäum= chen mit klein. — und — Licht., wie ihnen einst ihre Mütter — hatten in — fern. Heimat drüben, und die deutsch. Fenster — helle in — heilig. Nacht. Das — denn auch den englisch. Kindern; sie — alle auch — „— —". Bald war die — im Dorf allgemein, und die Kinder — lange vor und — Weihnachten —. (2) Nur war's — schwer, die Bäume zu —, — im Walde meist nur — —, das im Winter die Blätter — hatte und die — von tief innen — — m. Man — sich dann — gut — konnte, und es war eine besondere — und —, einen schön. Christbaum — —. (3) In — klein. Häuschen am Ende des Dorfes — eine stille Frau, Frau Hall —, die mit — Leuten — hatte. Elsbet, ihr — Töchterlein, nun — dreizehn —, war ein —, — und — Mädchen, in — Schule sehr —, — sie gegen alle — und freundlich war und schön — konnte. Auch — Nachbars, des — Fleischers Brosch Sohn, gewöhnlich der — Heiner —, war — gut. — der Elsbet. (4) „Du, Elsbet," — er ihr — wenige Tage vor Weihnachten —, „du — sehen, — — — schön. Baum — mein Vater von — Stadt — hat; er — hinten in unser. Fleischerst.... Weißt du, mein Vater — — gekauft," sagte er mit — —; „er — nicht erst lang im Wald — — und Bäume —. Was — du — einen?" „— keinen," sagte Elsbet und — — —, kein betrübt. Gesicht zu machen. „Meine Mutter kann nicht in — Wald und einen —, und kaufen — — — keinen. Aber ein paar Lichtlein — ich —," setzte sie fröhlich —, „und dann geh' ich — auf

die — und sehe alle die schön. hell. —; das ist auch —." Nun —'. dem Heiner —, daß die Elsbet kein. Baum — —, und — wußte er nicht —, wie er — konnte.

Grammatik.

Nom.: Heiner, der (welcher) ein guter Freund der Elsbet war. Frau Hall, die (welche) wenig Umgang mit den Leuten hatte. Das Laubholz, das (welches) im Winter die Blätter verloren hatte.

Gen.: Der alte Poppel, dessen Hütte auf dem Hügel stand. Frau Hall, deren Tochter ein freundliches, gutes Kind war. Das Kind, dessen Bilderbuch dort auf dem Tisch liegt.

Dat.: Der alte Mann, mit dem (welchem) der Schulmeister sprach. Frau Hall, zu der (welcher) selten Leute kamen. Das Haus, aus dem (welchem) der alte Mann hervorbrach.

Acc.: Der alte Mann, den (welchen) die Leute nicht leiden konnten. Frau Hall, die (welche) die Dorfbewohner im Stillen bewunderten. Das gute Kind, das (welches) jedermann gern hatte.

Der Plural folgt in der nächsten Lektion.

Aufgabe 3.

Der Schüler verbinde je zwei von den nachstehenden Sätzen mit Hilfe eines Relativpronomens:—

(1) Der Schüler macht gute Fortschritte. Er studiert fleißig. (2) Sehen Sie die Frau? Sie schreibt einen Brief. (3) Ich kenne das Mädchen nicht. Es spielt so schön Klavier. (4) Der Mann ist mein Freund. Wir sehen sein Haus dort. (5) Das Kind ist heute krank. Wir haben gestern seine Eltern besucht. (6) Frau P. ist eine liebenswürdige Dame. Wir haben ihre Cousine letzte Woche im

Park gesehen. (7) Fritz ist ein guter Knabe. Ich habe heute Morgen einen Spaziergang mit ihm gemacht. (8) Meine Tante lebt nicht mehr. Ich habe Ihnen so viel Gutes von ihr erzählt. (9) Hier ist ein Brief. Sie haben mir ihn vor einigen Tagen geschrieben. (10) Bitte, zeigen Sie mir die Uhr. Sie haben dieselbe in dem neuen Juwelierladen gekauft. (11) Das Haus ist zu teuer. Sie haben es gekauft.

Fünfter Abschnitt.
Kapitel II. § 5.

Da kam über Nacht dem Heiner ein gescheiter[1] Gedanke, ihm wenigstens schien er erstaunlich gescheit, und er konnte kaum[2] erwarten, bis er ihn am Morgen den Jungen in der Schule verkündigen[3] konnte.

„Höret," fing er an, „übermorgen ist's Christabend."

„So, ei, das ist was[4] Neues," sagte lachend Schuhmachers Jakob; „was doch der Heiner für neue Sachen erfindet!"

„Höret," fuhr Heinrich ruhig fort[5], „wir alle bekommen, glaub' ich, Christbäume; aber die Elsbet drüben, die bekommt keinen, weil ihre Mutter keinen holen kann."

„Kann nichts dafür[6]," sagte Jakob, „ich kann ihr auch keinen holen; die Tannen wachsen nur ganz weit drinnen im Wald."

„Höret," fing Heinrich wieder an mit listigem[7] Gesicht, „'s ist gar nicht kalt; wir wollen heut hinaus und von dem alten Poppel den Tannenbaum verlangen[8], der vor seinem Häuslein steht, zu einem Christbaum."

„Verlangen?—von dem alten Poppel?" schrieen die anderen Jungen im höchsten Erstaunen; „der wird's uns geben!"

„O, er ist nicht so böse, wie er sich stellt⁹," sagte Heinrich; „und wenn¹⁰ er noch¹⁰ so wild ist und schreit und uns nachspringt, er hat noch keinem Menschen etwas gethan und es ist so ein Spaß¹¹, wenn man ihm davonspringt¹². Wer geht mit?"

„Ich, ich, ich!" schrieen alle. Sie waren alle willens, wenn es einen Unfug¹³ gab; sogar die Mädchen kamen herbeigesprungen und wollten mitgehen. Daß so viele mit einander gehen wollten, kam¹⁴ den Kindern gar zu lustig vor¹⁴. „Du gehst auch mit, Elsbet!" rief das wilde Minchen. „Du bekommst ja¹⁵ den Baum."

Elsbet sagte zu¹⁶, obgleich es ihr nicht recht wohl bei der Sache war. „Aber nur still davon," befahlen¹⁷ die anderen, „daß der Schulmeister nichts merkt; der würde es nicht leiden, der ist gut Freund mit ihm." Und so verabredeten¹⁸ sie in großem Geheimnis¹⁹, daß sie sich um 1 Uhr Nachmittags sammeln²⁰ und zum alten Poppel hinaus ziehen wollten. Die meisten fürchteten sich heimlich²¹, aber gerade das Gruseln²² war so behaglich²³.

„Ja, aber höret," sagte Elsbet bedenklich, „er wird schrecklich bös werden."

„Ach was, er thut uns doch nichts, und springen können wir alle besser als er und etwas Böses ist's ja²⁴ nicht, wenn wir das Bäumchen wollen von dem alten Mann, der's nicht braucht."

So zogen sie denn lustig vorwärts.

Worterklärung.

¹ **Gescheit,** syn. klug, intelligent. ² **Kaum,** syn. beinahe nicht. ³ **Verkündigen,** syn. zu wissen thun, wissen lassen. ⁴ **Was Neues** = etwas Neues. ⁵ **Fortfahren,**—ich fahre fort, fuhr fort, habe fortge-

fahren, syn. weiter sprechen. [6] „Ich kann nichts dafür" bedeutet: ich kann es nicht ändern (anders machen), es ist nicht meine Schuld. [7] **Listig**, syn. klug, schlau. Der Fuchs ist „listig". [8] **Verlangen**: (1) etwas sehr wünschen, (2) um etwas bitten. [9] **Sich stellen**, syn. sich den Anschein geben. „Er stellt sich dumm" bedeutet: er thut, als ob er dumm wäre. [10] „**Wenn — noch so**" bedeutet ungefähr so viel wie: **obgleich**, oder: es macht nichts aus, wie. [11] Der **Spaß**, das Vergnügen, der Scherz. [12] **Davonspringen**, syn. fortlaufen. N. B. Davonspringen, entgehen, entkommen, entlaufen, entwischen, entfliehen, entrinnen etc. regieren alle den **Dativ**. Man sagt also z. B.: Die wilden Buben sprangen **dem** alten Mann davon, sie entkamen, entliefen, entflohen, entwischten **ihm**. [13] Der **Unfug**, der schlechte Witz, der grobe Spaß, das Unrecht. [14] „Etwas **kommt** mir lustig **vor**" bedeutet: es **scheint** mir lustig. [15] „Du bekommst ja den Baum" bedeutet: du bekommst den Baum, wie du weißt. [16] **Zusagen**,—ich sage zu, sagte zu, zugesagt, syn. Ja sagen, versprechen. [17] **Befehlen**, befahl, befohlen, syn. kommandieren. [18] **Verabreden**. Eine Sache „verabreden" bedeutet: darüber „reden" und arrangieren. [19] Das **Geheimnis**: vergleiche „geheimnisvoll" [Abschnitt III, Wort [24]]. [20] **Sich sammeln** [vergl. Abschnitt II, Wort [14]]. [21] **Heimlich**, syn. geheim, nicht offenbar. [22] Das **Gruseln**: eine gelinde (milde) Furcht. [23] **Behaglich**, syn. angenehm. Man fühlt sich „behaglich" im Winter in einem warmen, gut ventilierten Zimmer. [24] „Etwas Böses ist's ja nicht" = etwas Böses ist's sicher (gewiß) nicht [vergl. auch No. [18]].

Aufgabe 1.

(a) Was kam dem Heiner über Nacht? Was konnte er kaum erwarten? Wem und wo verkündigte er seine Gedanken? Mit welchen Worten begann er? Hielten die anderen Knaben seinen Gedanken für so klug wie er selbst? Was sagte Schuhmachers Jakob lachend? Wie fuhr Heinrich dennoch fort? Was antwortete Jakob, als Heinrich sagte, daß die Elsbet keinen Baum bekomme? Wie fing Heinrich mit listigem Gesicht wieder an? Wo stand der Tannenbaum, welchen Heinrich von dem alten Poppel verlangen wollte? Was sagte Heinrich über des alten Mannes

„Bosheit"? Hat er den Knaben jemals etwas (Schaden) gethan? Was machte den Knaben großen Spaß? Wurden die anderen Knaben endlich willig, mit Heinrich hinaus in den Wald zu gehen? Auch die Mädchen? Was kam den Kindern gar zu lustig vor? Ging Elsbet auch mit? War es ihr ganz wohl dabei? Warum wollten die Kinder still davongehen? Wer war dagegen, daß sie hinaus zu dem alten Mann gingen? Welche Stunde verabredeten die Kinder für ihre Waldpartie? Was sagte Elsbet bedenklich? Kümmerten sich die anderen um ihre Worte?

(b) Der Schüler erkläre die folgenden Wörter: behaglich, das Gruseln, verabreden, befehlen, zusagen, „es kommt mir vor", der Unfug; gebe die in der Lektion vorkommenden Synonyme für: das Vergnügen oder der Scherz, „er stellt sich, als ob", „um etwas bitten", schlau, „ich kann es nicht ändern", weitersprechen, „zu wissen thun", „beinahe nicht", klug; und bilde je einen Satz mit: „wenn — noch so" und „entfliehen".

Aufgabe 2.

Da — über Nacht — Heiner ein — Gedanke, ihm wenigstens schien er erstaunlich —, und er konnte — erwarten, — er ihn — Morgen den Jungen in der Schule — konnte.

„Höret," fing er —, „übermorgen ist's —."

„So, ei, das ist — —," sagte — Schuhmachers Jakob; „was — der Heiner — neue Sachen erfindet!"

„Höret," — Heinrich ruhig fort, „wir alle bekommen, — ich, Christ= bäume; aber die Elsbet drüben, die bekommt keinen, — — Mutter keinen — kann."

„— — —," sagte Jakob, „ich kann — — keinen holen; die Tannen — nur ganz — drinnen im Wald."

„Höret," — Heinrich wieder — mit listig. —, „'s ist — nicht kalt; wir wollen heut — und von b. alt. Poppel — Tannenbaum —, der vor — Häuslein steht, zu — Christbaum."

„—? von b. alt. Poppel?" — die ander. Jungen im — Erstaunen; „der —'— — geben!"

„O, er ist nicht so —, wie er sich —," sagte Heinrich; „und wenn er — — wild ist und — und uns —, er hat — noch keinem etwas — und es ist so ein —, wenn man ihm —. Wer geht — ?" * * * *
Elsbet sagte —, — es ihr nicht recht — — — Sache war. „Aber nur still —," — die anderen, „daß der Schulmeister nichts —; der würde es nicht —, der — — Freund — ihm." Und so — sie in groß. G., daß sie — — 1 Uhr Nachmittags — und — alt. Poppel hinaus — wollten. Die meist. — sich heimlich, aber gerade das G. war so b.
„Ja, aber höret," sagte Elsbet —, „er wird schrecklich — werden."
„Ach was, er thut — — nichts, und — können wir alle besser als er und — Bös. ist's ja nicht, wenn wir — Bäumchen — von b. alt. Mann, der's nicht —."
Und so — sie — — vorwärts.

Grammatik.

Nom.:	Männer, Frauen, Kinder,	**die (welche) gut sind.**
Gen.: Die	„	„	„	**deren Bücher auf dem Tisch liegen.**
Dat.:	„	„	„	„	**denen (welchen) wir das Geld gaben.**
Acc.:	„	„	„	„	**die (welche) ich in der Kirche sah.**

Aufgabe 3.

Der Schüler verbinde je zwei von den nachstehenden Sätzen mit Hilfe eines Relativpronomens :—
(1) Hier sind die Äpfel. Sie wachsen an jenem großen Baum. (2) Die Damen sind heute Morgen nach Berlin abgereist. Wir haben ihre Töchter öfters im Tiergarten (im Zoologischen Garten) gesehen. (3) Die beiden Herren sind meine Freunde. Sie sprachen gestern Nachmittag nach dem Konzert mit ihnen. (4) Hier sind die Blumen. Ich habe sie in unserem Garten gepflückt.

Sechster Abschnitt.

Kapitel III. § 1.

Lustig sah's nicht aus draußen im Wald, wo in einem engen¹ Thälchen² sich ein öder Hügel erhob³, auf dem die elende Hütte des alten Poppel stand. Kein Mensch konnte denken, daß da jemals Festtag sein werde und daß bald die fröhlichen Weihnachtsglocken⁴ vom Dorfe hinüberklingen würden in diesen trübseligen Aufenthalt⁵.

Der grüne Tannenbaum vor der Hütte war noch das einzige, was da nicht ganz ungut und freudlos aussah; aber auch der⁶ war krumm gewachsen und streckte seinen einen Ast aus wie einen drohenden⁷ Arm. Der alte Poppel selbst, mit seinem struppigen⁸ grauen Haar, wie er in abgeschossenen⁹ Kleidern aus seiner lotterigen* Hütte hervorkam, der war noch der trübseligste Anblick von allen. Er sah nicht aus, als ob er in seinem ganzen Leben auch nur eine Freude gehabt hätte, und wenn Kinder nicht so ein mutwilliges¹⁰, oft grausames Volk wären, sie hätten eher Mitleid¹¹ haben müssen¹² mit dem freudlosen alten Mann, als Lust, ihn zu necken.

Mitleid aber regte sich¹³ gar nicht in der Brust des wilden Heiner, als er an der Spitze¹⁴ seiner kleinen Truppe den engen Weg heraufkam gegen den Hügel, auf dem der gefürchtete Poppel hauste¹⁵. Die sechs Deputierten, welche die Bitte vorbringen sollten, waren schon erwählt¹⁶. Elsbet war darunter¹⁷; sie ging etwas zaghaft¹⁸ vorwärts und fragte leise¹⁹: „Was wollen wir denn sagen?"

„Ich weiß schon!" rief Heinrich keck²⁰; er erschrak²¹ aber doch, als auf einmal der Alte vor ihm stand und ihn ärgerlich anschrie: „Was habt ihr da zu thun, ihr Jungen?"

„Wenn Sie's nicht übel nehmen[22], alter Herr Poppel," begann ernsthaft der Heiner, „wir möchten[23] gern den Baum da vor Ihrer Thür haben. Sie brauchen ihn doch nicht."

„Zu einem Christbaum," sagte Elsbet entschuldigend, die angstvoll das zornige[24] Gesicht des alten Mannes ansah.

„Wir wollen ihn selbst abhauen, wir haben schon eine Art bei uns," schrieen dann die hinteren; aber sie riefen es schon auf der Flucht, denn der alte Mann schwang grimmig seinen Stock und schrie: „Ihr Gesindel[25], wollt ihr auch noch Spott[26] mit mir treiben! Ich will euch lehren, meinen Baum abhauen!" und hinunter den Berg sprang das kleine wilde Heer[27], und ihnen nach mit zornigem Geschrei der wilde alte Mann. Sie fürchteten sich doch vor ihm und rannten so schnell sie konnten; die letzten im Zug[28] fingen schon an zu weinen, bis eins den Kopf drehte[29] und triumphierend schrie: „O, er ist hingefallen!"

Worterklärung.

[1] **Eng**: nicht breit, syn. schmal. [2] **Das Thal**, die Vertiefung zwischen zwei Bergen oder Hügeln; ein Thälchen ist ein kleines Thal. [3] **Sich erheben,**—ich erhebe mich, erhob mich, habe mich erhoben. „Ich erhebe mich von meinem Sitz" bedeutet: ich stehe auf. [4] **Die Glocke** ruft die Leute am Sonntag ins Gotteshaus; sie ist von Metall, hat ungefähr die Form einer Tulpe, und innen hängt ein eiserner Schlägel. [5] **Der Aufenthalt** ist der Ort (Platz), wo jemand sich aufhält, wo er wohnt, logiert. [6] **Der** ist hier nicht Artikel, sondern Pronomen; syn. er, dieser. [7] **Drohen** bedeutet ungefähr so viel wie: sehr warnen. Wenn die trägen Buben nicht lernen wollen, so „droht" ihnen der Schulmeister gewöhnlich mit Nachsitzen. [8] **Struppig**, steif und in die Höhe stehend. [9] **Abgeschossen.** Man sagt von einem Kleid, welches seine ursprüngliche (erste) Farbe verloren hat: es ist „abgeschossen" oder „verschossen". * **Lotterig**, syn. unordentlich, ohne Ordnung. [10] **Mutwillig**, syn. böse, gern Scherz oder Unfug [Abschnitt V, Wort [1]] treibend. [11] **Das Mitleid**: zusammengesetzt aus „leiden" [Abschnitt III, Wort [10]] und „mit"; syn. das Mitgefühl, die Sympathie. [12] „Sie hatten **müssen**" steht für: sie hätten **gemußt**. [13] **Sich regen**,

syn. sich bewegen; hier: Mitleid existierte nicht. ¹⁴ Die **Spitze** ist der feine, scharfe Punkt, auf welchen ein Gegenstand (Nadel, Feder, Bleistift etc.) ausläuft. „An der Spitze einer Truppe" bedeutet: der Truppe voran. ¹⁵ **Hausen**, syn. (schlecht) wohnen. ¹⁶ **Erwählen** oder wählen. Die Könige und Kaiser werden gewöhnlich „geboren", die amerikanischen Präsidenten werden „erwählt" oder „gewählt". Die Präsidentenwahl findet alle vier Jahre statt. ¹⁷ **Darunter**: unter ihnen, einer von den sechs Deputierten. ¹⁸ **Zaghaft**: etwas furchtsam. ¹⁹ **Leise** = nicht laut. ²⁰ **Keck**, Gegenteil von zaghaft [¹⁸]. ²¹ **Erschrecken**, erschrak, bin erschrocken ["Pr. L.," Lekt. 22, Gram.]. Wenn man ganz unerwartet einen Kanonenschuß hört, so „erschrickt" man gewöhnlich. ²² „**Wenn Sie es nicht übel nehmen**" bedeutet: wenn Sie **nichts dagegen haben**, oder: wenn es Ihnen recht ist. ²³ „**Ich möchte gern** etwas (haben)" bedeutet so viel wie: ich wünsche (sehr) es zu haben. ²⁴ **Zornig**, syn. sehr böse. ²⁵ Das **Gesindel**: hergelaufenes Volk, schlechte Leute, Vagabunden. ²⁶ „**Spott treiben mit jemand**" bedeutet ungefähr so viel wie: Scherz und Unfug mit ihm treiben. ²⁷ Das **Heer**: die große Truppe, die Armee. ²⁸ Der **Zug**, von „ziehen" [Abschnitt III, Wort ²]. Viele Leute, welche zusammen „ziehen", bilden einen „Zug". Die Lokomotive mit den daranhangenden Wagen bildet auch einen „Zug". ²⁹ **Drehen**, syn. wenden. Die Erde „dreht" sich in 24 Stunden um sich selbst, und in 365 Tagen um die Sonne.

Aufgabe 1.

(a) Wie sah es draußen im Wald nicht aus? Wo stand die elende Hütte des alten Poppel? Was konnte kein Mensch denken? Wozu läutet man die Kirchenglocken? Wie war der Aufenthalt des alten Mannes? Was war das einzige, was nicht ganz ungut und freudlos aussah? Wie war aber auch der gewachsen? Wie streckte er seinen einen Ast aus? Beschreiben Sie das Aussehen des alten Mannes, wie er so aus seiner lotterigen Hütte hervorkam. Sah er aus, als ob er in seinem Leben viel Freude erlebt hätte? Was für ein Volk sind Kinder häufig? Was hätten sie mit dem freudlosen alten Mann haben müssen, wenn sie anders gewesen wären? Wozu hätten sie keine Lust gehabt, wenn sie anders gewesen wären? Regte sich Mitleid in der Brust des wilden Heiner? Welche Stellung nahm er ein in diesem Zug nach der einsamen Waldhütte? Wer sollte die Bitte der Kinder dem Alten vorlegen? Wer gehörte auch zu diesem Comité? Wie ging Elsbet vorwärts, und was fragte sie leise? Was antwortete ihr Heinrich keck? Welche Wirkung (Effekt, m.) hatte das plötzliche (schnelle, unerwartete) Erscheinen des Alten aber doch auch auf ihn? In welcher Weise brachte Heiner seine Bitte vor? Welche Worte fügte Elsbet entschuldigend hinzu? Was schrieen die hinteren Kinder? Blieben sie ruhig stehen, während sie so zu dem alten Manne sprachen? Wodurch wurden sie in die Flucht getrieben? Was rief er hinter ihnen her? Wohin sprang das kleine wilde Heer? Und der zornige alte Mann? Fürchteten sich die Kinder so sehr vor ihm? Wie schnell sprangen sie? Was fingen die letzten Kinder im Zug an zu thun? Was that endlich eins der Kinder? Was rief es triumphierend aus?

(b) Der Schüler erkläre: eng, das Thal, sich erheben, die Glocke, der Aufenthalt, drohen, struppig, abgeschossen, lotterig, mutwillig, das Mitleid, sich regen, die Spitze, hausen, erwählen, darunter; gebe Synonyme für: nicht laut, „etwas furchtsam", und das Gegenteil davon, sehr böse, Vagabunden, „Scherz und Unfug mit jemand treiben", große Truppe, (sehr) wünschen; und antworte endlich auf folgende Fragen: Welche Wirkung hat ein plötzlicher Kanonenschuß gewöhnlich auf uns? Was bilden viele Leute, welche zusammen „ziehen"? Steht die Erde still?

Aufgabe 2.

Lustig —'- nicht aus draußen im Wald, wo in einem — — sich ein öder Hügel —, auf b. die — Hütte des alten Poppel —. Kein Mensch konnte —, daß da jemals Festtag — — und daß bald die fröhlich. — vom Dorfe — würden in dies. trübselig. A.

Der grün. — vor d. Hütte war noch das —, was da nicht — ungut und freudlos — ; aber auch der war krumm — und — seinen einen — aus wie einen — Arm. Der alte Poppel selbst, mit — — grau. Haar, wie er in — Kleidern aus seiner — Hütte —, der war noch d. trübseligst. — von allen. Er — nicht —, als ob er in s. g. Leben auch nur eine — gehabt —, und wenn Kinder nicht so ein —, oft — Volk —, sie — eher Mitleid haben — mit d. freudlos. alt. Mann, als —, ihn zu —.

Mitleid aber — sich — nicht in der Brust d. wild. Heiner, als er — — — seiner kleinen Truppe d. eng. Weg heraufkam gegen d. Hügel, auf d. der — Poppel —. Die sechs —, welche die — vorbringen sollten, waren schon —. Elsbet war —; sie ging etwas — vorwärts und fragte —: „Was — — — sagen?"

„— weiß —!" rief Heinrich — ; er — aber doch, als auf einmal der Alte vor — stand und — ärgerlich —: „Was — — — — thun, ihr Jungen?"

„Wenn —'- nicht — nehmen, alt. Herr Poppel," begann — der Heiner, „wir — — den Baum da vor Ihr. Thür —. Sie — ihn — nicht."

„Zu — Christbaum," sagte Elsbet —, die — das — Gesicht d. alt. Mannes —.

„Wir wollen — selbst —, wir haben schon eine — bei uns," — dann die hinter.; aber sie — es schon — — Flucht, denn der alt. Mann schwang grimmig sein. — und —: „Ihr —, wollt ihr auch noch — — — —! Ich — euch —, — Baum —!" und — d. Berg — das klein. wild. H., und — nach mit — Geschrei der — — Mann. Sie — — doch vor ihm und rannten — — — konnten; die letzten im Z. — schon an zu weinen, — eins — Kopf — und triumphierend —: „O, er — —!"

Grammatik.

„**Als ob er gehabt hätte.**"—Nach „als ob" oder „als wenn" steht immer der Konjunktiv.

Aufgabe 3.

Der Schüler vervollständige die folgenden Sätze: Der alte Poppel stellte sich, als ob.... Sie sehen aus, als ob etc. Dieser Mann thut (acts), als ob etc. Er studiert, als wenn etc. Die alte Hütte sah nicht aus, als wenn etc. Die Straße sieht aus, als ob etc. Diese Frau behandelt (treats) mich, als ob etc. Sie sprechen deutsch, als ob etc. Fräulein Anna spielt (Klavier), als ob etc. Heinrich that, als ob etc. (sich nicht fürchten vor). Der alte Poppel sprang den Berg hinunter, als ob etc.

Siebenter Abschnitt.
Kapitel III. § 2.

Auch Elsbet hörte den Schrei und sah sich um. „O hört!" rief sie; „der alte Mann liegt so elend auf dem Boden, vielleicht hat er den Fuß gebrochen, wir müssen ihm [1] helfen."

„Helfen!" riefen die Buben, „nein, nicht wir! der schlüg' [2] uns tot, wenn wir zu ihm hingingen! Laßt ihn nur liegen; er wird bald wieder aufstehen, er hat ja Zeit dazu."

Und alle zogen rasch heimwärts, nur Elsbet nicht; es war ihr doch nicht möglich fortzulaufen [3], obgleich sie sich sehr fürchtete vor dem bösen alten Mann, der jetzt gewiß doppelt zornig sein würde, und nur zaghaft trat [4] sie näher.

Ja, da sah's traurig aus und im Augenblick war der Alte nicht zu fürchten. Der Stock war aus seiner Hand gefallen; der Mann lag da ohne sich zu regen [5]; die Stirn hatte er sich an einem Stein blutig geschlagen und das Blut rieselte [6] über sein bleiches [7] Gesicht in seinen grauen Bart.

Es fiel Elsbet ein [8], daß man einmal einen Holzhauer, den ein Ast an die Stirn geschlagen, so blutig und so leblos vor ihr Häuschen getragen hatte und daß die Mutter ihn mit kaltem Wasser gewaschen und so wieder zum Leben gebracht⁹ hatte. Sie sprang hinauf zu der Hütte; nicht ohne heimliche¹⁰ Angst ging sie hinein, um nach Wasser zu sehen. In der Hütte sah's trübselig genug aus. Bei dem einzigen Gemach¹¹, das die öde¹² Hütte enthielt¹³, wußte man nicht recht, ob es ein Stall oder eine Küche war oder eine Stube sein sollte; hinten war der alte Esel angebunden, den man hie und da mit dem Einsiedler sah; auf einer Seite waren ein paar Steine zu einem rohen Herd aufgeschichtet¹⁴, auf der anderen stand eine Art Lager mit einem Laubsack¹⁵. Wasser sah Elsbet nicht, aber einen kleinen hölzernen Eimer; mit dem sprang sie hinaus. Sie hatte ein Bächlein¹⁶ rieseln hören; da schöpfte¹⁷ sie von dem eiskalten Wasser und wusch¹⁸ mit ihrem Tüchlein¹⁹ die blutige Stirn des alten Mannes. All' ihre Furcht vor ihm war vergangen vor der Angst, er könnte vielleicht tot sein. Und als er die Augen aufschlug²⁰ und sich wieder regte, da fühlte sie die lautere²¹ Freude. Der Alte aber schien nicht sehr erfreut bei seinem Erwachen²². „So, du Kröte²³!" knurrte²⁴ er; „wart' wenn ich meinen Stock habe, ich will dich schon fortjagen!" Die kleine Elsbet aber, die durchaus²⁵ kein ängstliches Kind war, war ganz herzhaft geworden und sagte: „Ei bewahre, Ihr thut gewiß einem kleinen Mädchen nichts, das Euch auch nichts gethan hat; kommt nur herein, da ist's ja²⁶ so kalt."

„Ja, kalt ist's," murmelte der Alte; „geh' du heim und laß den alten Mann sterben²⁷."

„O nein!" sagte die mutige²⁸ Elsbet. „Ihr braucht noch nicht zu sterben;" und sie fing emsig²⁹ an dürres Holz in ihre Schürze³⁰ zu sammeln; denn drinnen hatte sie keines gesehen.

„Geh' fort und laß mein Holz liegen!" schrie der Alte wieder.

„Ja, gleich[31]!" rief Elsbet gutmütig, „und gehen will ich auch, wenn ich fertig[32] bin." Und sie sprang mit ihrer Schürze voll Holz in die Hütte, um auf dem alten Herd so schnell wie möglich ein Feuer anzumachen; der Alte humpelte[33] brummend[34] hinterdrein.

Worterklärung.

[1] **Ihm** helfen; helfen regiert den **Dativ**. [2] **Schlüge** ist der Konjunktiv des Imperfectums von schlagen, schlug, geschlagen. „Schlüge" bedeutet hier: würde schlagen. [3] **Fortlaufen,**—ich laufe fort, lief fort, bin fortgelaufen: schnell fortgehen. [4] **Treten**, trat, getreten: gehen. [5] **Sich regen**: Er regte sich nicht = er lag still (wie tot). [6] **Rieseln**: fließen. Das Bächlein „rieselt", wenn es über kleine Steine fließt. [7] **Bleich**: nicht rot, ohne Farbe. [8] **Einfallen**, fiel ein, ist eingefallen: Etwas „fällt mir ein" bedeutet: etwas „kommt mir in den Sinn", „ich denke daran". [9] **Bringen**, brachte, gebracht. [10] **Heimlich**: nicht offenbar, was man nicht sehen kann. [11] Das **Gemach**: der Raum, das Zimmer, die Stube. [12] **Öde**, wüste, verlassen. Die Sahara ist „öde". [13] **Enthalten**, enthielt, enthalten: halten. Dieses Buch „enthält" sechzehn (16) Kapitel. [14] **Aufschichten,**—ich schichte auf, schichtete auf, aufgeschichtet. Steine „aufschichten" bedeutet: sie ordentlich auf (und neben) einander legen, arrangieren. [15] Der **Laubsack**: Sack mit Laub gefüllt [vergl. Abschnitt IV, Wort [12]]. [16] Das **Bächlein**: ein kleiner „Bach"; ein Bach ist ein sehr kleiner Fluß oder Strom ["Pr. L.," Lekt. 20]. [17] **Schöpfen** [vergl. scoop]. Wir „schöpfen" Wasser (mit der Hand) aus einem Bach. [18] **Waschen**, wusch, gewaschen. [19] Das **Tüchlein**: ein kleines „Tuch" (Taschentuch). [20] **Aufschlagen**, schlug auf, aufgeschlagen. Die Augen „aufschlagen" bedeutet: sie aufmachen, öffnen. [21] **Lauter**, klar, pur, nichts als. [22] Das **Erwachen** ist das „Aufwachen aus dem Schlaf". [23] Die **Kröte** ist eine Amphibie von der Form eines Frosches, aber gewöhnlich etwas größer. [24] **Knurren**: murren, brummen [Wort [34]]. Hunde, Katzen, Bären etc. „knurren". [25] **Durchaus kein**: gar kein; durchaus nicht: gar nicht [vergl. Abschnitt IV, Wort [20]]. [26] **Ja so** kalt [siehe Abschnitt V, Wort [24]]. [27] **Sterben** (stirbst, stirbt), starb, bin gestorben. Unser Leben auf der Erde endet, wenn wir „sterben". [28] **Mutig**, couragiert, nicht ängstlich. [29] **Emsig**, fleißig, nicht träge. Die Biene z. B. ist sehr „emsig". [30] Die **Schürze**. Der Koch trägt

eine weiße „Schürze" und eine weiße „Kappe" in der Küche.
³¹ **Gleich**, Adv., syn. sogleich, in einem Augenblick. ³² „Ich bin fertig mit einer Sache" bedeutet: ich bin damit zu Ende. ³³ **Humpeln**: lahm und mühsam gehen. ³⁴ **Brummen**, syn. murren, murmeln. Der Bär „brummt", die Biene „summt".

Aufgabe 1.

(*a*) Wer hörte den Schrei ebenfalls (auch)? Was rief sie den anderen Kindern zu? Waren diese willens, dem alten Mann zu helfen? Warum nicht? Was glaubten sie, daß er bald thun **werde**? Wohin gingen sie? Ging Elsbet auch mit? Warum nicht? Fürchtete sie sich denn nicht vor dem bösen alten Mann? Wie trat sie ihm näher? Wie sah es um den Alten aus? War er zu fürchten, wie er jetzt da lag? Hatte er seinen Stock noch in der Hand? Regte er sich? In welchem Zustand (state) war die Stirn des Alten? Was that das Blut? Was fiel Elsbet ein? Was hatte den Holzhauer an die Stirn geschlagen? Wie hatte man ihn vor ihrer Mutter Häuschen getragen? Auf welche Weise hatte ihn ihre Mutter wieder zum Leben gebracht? Was that Elsbet folglich? Mit welchem Gefühl ging sie in die Hütte? Wie sah's dort aus? Wie viele Gemächer hatte die Hütte? Was wußte man kaum? Beschreiben Sie gefälligst die Wohnung dieses Einsiedlers! War Wasser da zu finden? Was fand Elsbet jedoch (= aber)? Was that sie damit? Was hatte sie gehört? Was that sie mit dem Wasser? Wovor (= vor was) war ihre Furcht vor dem alten Manne vergangen? Was that er jedoch nach einiger Zeit? Was fühlte Elsbet da? Schien der Alte erfreut bei seinem Erwachen? Wie knurrte er das liebe Kind an? War Elsbet ein ängstliches Kind? Wie war sie geworden, und was sagte sie zu dem Alten?

Was wollte dieser, daß sie thun solle? Welche Antwort gab ihm die mutige Elsbet? Was fing sie an zu thun? Worein sammelte sie das Holz? Was sagte der Alte zum zweiten Mal? Was antwortete sie ihm gutmütig? Was that sie dann? Und der alte Mann?

(*b*) Der Schüler erkläre: rieseln, bleich, heimlich, das Gemach, öde, enthalten, aufschichten, das Bächlein, schöpfen, lauter, Kröte, durchaus sein, mutig, emsig, humpeln, fertig. Was thut der Bär? die Biene? Was trägt der Koch in der Küche? Welches Adverb bedeutet: „in einem Augenblick"? Nennen Sie gefälligst die drei Zeitformen von: sterben, aufschlagen, waschen, aufschichten, bringen, einfallen, sich regen, treten, fortlaufen, helfen. Welchen Kasus regiert helfen?

Aufgabe 2.

Auch Elsbet hörte d. Schrei und sah — —. „O hört!" — sie; „d. alt. Mann liegt so — auf b. Boden, vielleicht hat er d. Fuß —, wir müssen — helfen."

„Helfen!" — die Buben, „nein, nicht wir! der — uns tot, wenn wir zu ihm —! — ihn — liegen; er wird bald wieder —, er hat — Zeit —."

Und alle — — heimwärts, nur Elsbet nicht; es war — doch nicht möglich —, obgleich sie — sehr — vor d. bös. alt. Mann, der jetzt gewiß doppelt — sein —, und nur zaghaft — sie näher.

Ja, da —'- traurig aus und im — war der Alte nicht zu —. Der Stock — aus sein. Hand —; der Mann — da ohne sich zu —; die — hatte er — an ein. Stein blutig — und d. Blut — über sein — Gesicht in sein. grau. Bart.

Es — Elsbet ein, daß man — einen Holzhauer, den ein — an d. Stirn —, so blutig und so — vor ihr Häuschen — hatte und daß die Mutter ihn mit kalt. Wasser — und so wieder zum Leben — hatte. Sie sprang — zu d. Hütte; nicht ohne heimlich. A. ging sie hinein, — nach Wasser — sehen. In d. Hütte sah's — genug aus. Bei d. einzig. G., das d. — Hütte enth., — man nicht recht, ob es ein — oder ein. Küche war oder ein. St. sein —; hinten war d. alt. Esel —, den man hie und da mit d. Einsiedler sah; auf ein. Seite waren ein — Steine zu ein. rohen Herd —, auf d. ander. — eine Art Lager mit einem L. Wasser sah Elsbet nicht, aber ein. klein. hölzern. —; mit d. sprang sie hinaus. Sie hatte ein B. — hören; da — sie von d. eiskalt. Wasser und — mit ihr. Tüchlein d. blutig. Stirn des alt. Mannes. All' ihre Furcht vor — war — vor d. Angst, er könnte — tot sein. Und als er die Augen — und sich wieder —, da fühlte sie d. — Freude. Der Alte aber — nicht sehr erfreut bei s. Erwachen. „So, du —!" — er; „wart' wenn ich mein. Stock habe, ich will dich — —!" Die klein. Elsbet —, die — kein ängstlich. Kind war, war ganz herzhaft — und sagte: „Ei —, Ihr thut gewiß ein. klein. Mädchen nichts, das Euch — nichts gethan —; kommt — herein, da ist's — so kalt."

„Ja, kalt —'—," — der Alte; „geh' du — und laß d. alt. Mann st."

„O nein!" sagte die — Elsbet. „Ihr — noch nicht zu st.;" und sie fing — an dürres Holz in ihre — zu sammeln; — brinnen hatte sie kein. gesehen.

„Geh' — und — mein Holz liegen!" — der Alte wieder.

„Ja, —!" rief Elsbet —, „und gehen will ich auch, wenn ich — bin." Und sie sprang mit ihr. Schürze voll — in d. Hütte; der Alte — — hinterdrein.

Grammatik.

Der alte Poppel **schlüge** uns tot, wenn wir zu ihm **hingingen**.

„Schlüge" und „hingingen" sind beide Konjunktive des Imperfectums. Für den ersten Konjunktiv (schlüge) würde man im Englischen, und kann im Deutschen, den Konditionalis brauchen.

Regel.—Statt des Konditionalis braucht man im Deutschen sehr häufig den Konjunktiv (des Imperfectums oder Plusquamperfectums).

Aufgabe 3.

Der Schüler setze in den nachfolgenden Sätzen den Konjunktiv an Stelle des Konditionalis.

(1) Wenn Sie fleißiger wären, würden Sie mehr Geld haben. (2) Wenn Karl mehr studiert hätte, würde er sein Examen besser bestanden haben. (3) Wenn Sie gesucht hätten, würden Sie Ihren Ring gefunden haben. (4) Wenn Herr B. sich mehr um sein Geschäft kümmerte, würde er heute ein reicher Mann sein. (5) Wenn ich gewußt hätte, daß Sie kämen, würde ich nicht ausgegangen sein. (6) Wenn der alte Poppel die Leute besser gekannt hätte, würde er sie nicht so gehaßt haben. (7) Wenn die Leute den alten Poppel besser gekannt hätten, so würden sie sicher mehr Mitleid mit ihm gehabt haben. (8) Wenn die wilden Knaben diesmal auf den alten Schulmeister gehört hätten, so würde der alte Mann vielleicht heute noch einsam und allein in seiner alten Hütte wohnen. (9) Wenn ich an Ihrer Stelle wäre, so würde ich jeden Sommer auf das Land gehen. (10) Was würden Sie thun, wenn Sie an meiner Stelle wären? (11) Würden Sie an seiner Stelle hier bleiben? (12) Ich weiß kaum, was ich thun würde. (13) Was würden wir thun, wenn unser Freund heute Nachmittag käme? Ich denke, wir würden alle zusammen in den Tiergarten gehen.

N. B.—Würde haben = hätte; würde sein = wäre; würde sehen = sähe; würde wohnen = wohnte.

Achter Abschnitt.

Kapitel III. § 3.

Elsbet war kaum dreizehn Jahre alt; aber die Mutter hatte frühzeitig das Mädchen zu allen Hausgeschäften angehalten[1], und da sie eine Freude hatte, im Haus herumzuschaffen[2] und der schwächlichen Mutter gern helfen wollte, so hatte sie gelernt, alles geschickt[3] anzugreifen[4]

Recht eifrig⁵ war sie, als sie den alten Topf ohne Henkel⁶, der am Boden lag, mit Wasser füllte und zum Feuer rückte⁷ und sich jetzt umwandte⁸ nach dem alten Mann.

„Aber Ihr seht so bleich aus und so schwach! Euch friert's⁹," sagte sie mitleidig¹⁰. „Da liegt ja so ein alter brauner Mantel, in den wickelt¹¹ Euch ein, zu schön ist er nicht dazu," fügte sie mit Lachen hinzu und bedeckte ihn mit de. groben Kleidungsstück.

Er stieß¹² ihre Hand zurück und sagte ohne Zorn, aber auch ohne Freundlichkeit: „Es friert mich nicht, geh' heim!"

„Will schon gehen," sagte Elsbet gutmütig und fand noch ein Geschirr¹³ auf, das einer zerbrochenen Schüssel gleichsah¹⁴; darein schüttete sie etwas von dem gewärmten Wasser. „Jetzt müssen wir nur das garstige* Blut wegwaschen. Ist kein Schwamm¹⁵ hier? Nun, dann muß ich meinen Schurzzipfel¹⁶ nehmen."

Der alte Poppel mußte wohl recht schwach sein; denn er ließ¹⁷ sich's ganz gutwillig gefallen, daß die Kleine ihm sachte¹⁸ die blutige Stirn und das Gesicht abwusch; ihre weichen Händchen glitten¹⁹ ganz leicht und kühl wie Schneeflocken über die dürre, runzlige²⁰ Haut des Alten. Aber das Blut begann wieder zu fließen nach dem Abwaschen. „Wenn ich nur Spinnweben²¹ hätte!" sagte Elsbet; es fiel ihr ein, daß die Mutter das für das Beste hielt, um Blut zu stillen. Dieser bescheidene²² Wunsch war auch sehr leicht zu erfüllen in der alten Hütte. Die Spinnweben hingen herum wie Vorhänge. Bald hatte Elsbet, die sich nicht fürchtete vor Spinnen, von dem Gewebe heruntergestreift²³ und das Blut aufs beste gestillt.

„So," sagte sie und legte frische Reiser²⁴ ans Feuer; „jetzt will ich gehen. Ist's Euch jetzt besser? thut Euch der Kopf nicht mehr weh?"

„Nein," knurrte er, „geh' heim!"

Das that denn der Elsbet doch weh²⁵, die in der Stille auf ein freundliches Wort von dem alten Mann gehofft hatte. Sie wandte sich traurig, um zu gehen. Wie sie aber an der Thür den Kopf noch einmal umdrehte und der Alte so ganz allein da lag in der trübseligen Hütte, da that er ihr unbeschreiblich leid. Sie ging noch einmal zu ihm hin und bot ihm die Hand.

„Armer Mann," sagte sie unwillkürlich²¹; „sind denn die Leute so böse gegen Euch gewesen?"

Er fuhr²⁷ plötzlich auf, so daß sie erschrocken zurückwich²⁸ und glaubte, er wolle sie schlagen. Aber er sah sie nur an mit müden, traurigen Augen und fragte, nicht so rauh wie vorher: „Warum, Kind?"

„Ja nun," sagte sie, jetzt etwas verlegen²⁹, „weil Ihr so böse seid und so zornig und 's ist doch übermorgen Christtag! Alle Leute, auch die allerärmsten, freuen sich auf³⁰ den Christ=tag und besuchen einander; ich glaube, Ihr seid der einzige Mensch in der ganzen Welt, der gar keinen Christtag hält!"

Worterklärung.

¹ **Anhalten**, hielt an, angehalten. Jemanden „zu etwas anhalten" bedeutet ungefähr so viel wie: ihn etwas thun machen. ² **Im Hause herumschaffen** = im Hause herumarbeiten. ³ **Geschickt** ist der, welcher das, was schwer ist, leicht, schnell und gut thun kann. ⁴ **An=greifen**, griff an, angegriffen, syn. fassen mit der Hand. „Elsbet griff alles geschickt an" bedeutet: sie ging geschickt daran, that es geschickt. ⁵ **Eifrig**, syn. sehr interessiert, ernst und fleißig. ⁶ Der **Henkel** ist das, woran man etwas aufhängt. ⁷ **Rücken**, syn. bewegen, stellen, setzen. ⁸ **Sich umwenden,** — ich wende mich um, wandte mich um, habe mich umgewandt, syn. sich umdrehen. ⁹ **Mich friert es,** oder „es friert mich" = ich friere. Der Schüler konjugiere dieses unper=sönliche Zeitwort. ¹⁰ **Mitleidig**: Mitleid habend. ¹¹ **Wickeln.** Maria „wickelte" das Christuskind in Windeln. Die Indianer „wickeln" die kleinen Kinder „ein". In Deutschland, auf dem Lande, „wickelt" man sie ebenfalls „ein", bis sie ein gewisses Alter erreicht haben.

¹² **Stoßen,** stieß, gestoßen: schlagen, gegen etwas rennen. ¹³ Die Messer, Gabeln, Löffel, Teller, Tassen, Schüsseln, das Salzfaß, die Pfefferbüchse etc. sind das **Eßgeschirr.** ¹⁴ **Gleichsehen,**—ich sehe gleich, sah gleich, gleichgesehen: ähnlich sehen, aussehen wie. * **Garstig,** nicht schön, häßlich. ¹⁵ Der **Schwamm** ist sehr leicht, porös, und wird viel zum Waschen gebraucht. Die Mutter wäscht das Kind mit dem „Schwamm". ¹⁶ Der **Zipfel**: das eckige Ende einer Schürze etc. ¹⁷ **Lassen,** ließ, gelassen. „Sich etwas **gefallen lassen**" bedeutet: nicht opponieren, es ruhig hinnehmen. ¹⁸ **Sachte,** langsam, gelinde, mild. ¹⁹ **Gleiten,** glitt, bin geglitten. ²⁰ **Runzlig**: Die Kleider werden gewöhnlich „runzlig", wenn man sie in einen Koffer legt, anstatt sie aufzuhängen. ²¹ Die **Spinne** ist ein Insekt, welches spinnt und webt. Das Produkt ihrer Arbeit nennt man **Spinngewebe,** n., oder **Spinnwebe,** f. ²² **Bescheiden,** nicht arrogant oder stolz. ²³ **Herunterstreifen,** streifte herunter, heruntergestreift. ²⁴ Das **Reis,** Pl. Reiser: dünne Äste. ²⁵ „Es **that** der Elsbet **weh**" = es that ihr sehr leid, es schmerzte sie sehr. ²⁶ „Sie sagte **unwillkürlich**" bedeutet ungefähr so viel wie: Sie sagte ohne es zu wollen, die Worte kamen ihr „ganz von selbst" in den Mund. Das Gegenteil ist **willkürlich** = freiwillig. ²⁷ **Auffahren,** fuhr auf, bin aufgefahren: sehr schnell und plötzlich aufstehen. ²⁸ **Zurückweichen,** wich zurück, bin zurückgewichen: schnell zurückgehen. ²⁹ **Verlegen** sind wir, wenn wir nicht wissen, wie oder was wir thun sollen. ³⁰ „Sich freuen **auf**". Wir freuen uns **über** das, was ist oder war, und freuen uns **auf** das, was kommt.

Aufgabe 1.

(a) Wie alt war Elsbet? Wozu hatte sie die Mutter frühzeitig angehalten? Woran hatte Elsbet Freude? Was hatte sie auf diese Weise gelernt? Was lag am Boden der alten Hütte? Was that sie mit dem Topf? Wie sah der alte Mann aus? Fror den Alten? Was sagte Elsbet mitleidig zu ihm? Was that sie jetzt mit dem alten braunen Mantel? Wollte er ihr das erlauben? War er zornig, indem (= während, als) er ihre Hand zurückstieß? Was sagte er zu dem Mädchen, daß sie thun solle?

Was entgegnete (antwortete) sie gutmütig? Was fand sie noch auf? Welchem Geschirr sah es gleich? Wovon (= von was) schüttete sie hinein? Was wollte sie mit dem warmen Wasser thun? Womit wusch sie das garstige Blut ab, als sie keinen Schwamm finden konnte? Ließ sich der alte Poppel das gefallen? Wie glitten ihre Hände über die runzlige Stirn des Alten? Welche Wirkung hatte jedoch das Waschen auf das Blut? Was wünschte Elsbet, als sie das bemerkte? Was fiel ihr ein? War es schwer, diesen bescheidenen Wunsch zu erfüllen? Wie hingen die Spinnweben herum? Fürchtete sich das Mädchen vor Spinnen? Was gelang ihr (succeed) endlich? Es gelang ihr endlich, das Blut aufs beste zu stillen. Was legte sie ans Feuer? Was fragte sie den Alten, als sie im Begriff war ["Pr. L.," Lekt. 22, Wort "] fortzugehen? Was entgegnete er? Wie fühlte sich das brave Mädchen infolge dieser unfreundlichen Antwort? Worauf hatte sie im Stillen gehofft? Was that sie noch einmal an der Thüre? Warum that ihr der alte Mann so unbeschreiblich leid? Was sagte sie unwillkürlich, indem sie noch einmal zu ihm hinging und ihm die Hand darbot? Was that der Alte plötzlich? Warum wich sie zurück? Was that er jedoch nur, und was fragte er? Was antwortete das Mädchen, jetzt etwas verlegen? Worauf (auf was) freuen sich alle Leute, auch die ärmsten? Was thun sie am Christtag? Was glaubte Elsbet von dem alten Mann?

(b) Der Schüler erkläre: geschickt, eifrig, der Henkel, rücken, mitleidig, wickeln (einwickeln), das Eßgeschirr, garstig, der Schwamm, der Zipfel, sachte, die Spinne, bescheiden, willkürlich, zurückweichen; gebe Synonyme für: herumarbeiten, etwas thun machen, sich umdrehen, ich friere, du frierst, er friert, sie friert, wir frieren, ihr friert, Sie frieren, sie frieren, ähnlich sehen, etwas ruhig hinnehmen, etwas thut mir weh, schnell und plötzlich aufstehen. Wie sind wir, wenn wir uns nicht zu helfen wissen? Was ist der Unterschied zwischen „sich freuen **auf**" und „sich freuen **über**"? Wie kann man sagen anstatt: „Elsbet ging geschickt an alles, was sie that"? Was sind die Hauptformen von: angreifen, anhalten, gehen, sich umwenden, sehen, gleichsehen, lassen, gleiten, herunterstreifen, wehthun, fahren, auffahren, zurückweichen, wissen?

Aufgabe 2.

Elsbet war — dreizehn Jahre alt; aber die Mutter hatte — das Mädchen zu all. Hausgeschäften —, und da sie — Freude hatte, im Haus — und der — Mutter — helfen wollte, so hatte sie gelernt, alles — —.

Recht — war sie, als sie d. alt. Topf ohne —, der — Boden lag, mit Wasser füllte und zum Feuer — und sich jetzt — nach d. alt. Mann.

„Aber Ihr — so bleich — und so —! Euch —'-," sagte sie —. „Da liegt — so ein alt. braun. Mantel, in den — Euch —, zu schön ist — nicht —," — sie mit Lachen hinzu und — ihn mit d. grob. Kleidungsstück.

Er — ihr. Hand zurück und sagte ohne Z., aber auch ohne F.: „Es — mich nicht, geh' heim!"

„Will — gehen," sagte Elsbet — und fand noch ein G. auf, das ein. zerbr. Schüssel —, darein — sie etwas von d. gewärmt. Wasser. „Jetzt müssen wir nur d. — Blut wegw. Ist kein — hier? Nun, dann muß ich meinen — nehmen."

Der alte Poppel mußte — recht schwach sein; denn er ließ —'- ganz gutwillig —, daß die Kleine — sachte d. blutig. Stirn und d. Gesicht abw.; ihre — Händchen — ganz leicht und kühl wie — über die — Haut des Alt. Aber d. Blut begann wieder zu — nach d. Abwaschen.

„Wenn ich — Spinnweben —!" sagte Elsbet; es — ihr ein, daß die Mutter das — — Beste hielt, — Blut — stillen. Dieser — Wunsch war — sehr leicht zu — in d. alt. Hütte. Die Spinnweben — herum wie —. Bald hatte Elsbet, die — nicht — vor Spinnen, von. d. Gewebe — und d. Blut — beste gestillt.

„So," sagte sie und legte frisch. — ans Feuer; „jetzt will ich gehen. Ist's — jetzt besser? — — d. Kopf nicht mehr weh?"

„Nein," — er, „geh' heim!"

Das — denn der Elsbet — weh, die in d. Stille auf ein freundlich. Wort von d. alt. Mann — hatte. Sie — sich traurig, — zu gehen. Wie sie aber an d. Thür d. Kopf noch einmal — und der Alte so g. allein da — in der trübselig. Hütte, da — er ihr unbeschreiblich —. Sie — noch einmal zu ihm — und bot — d. Hand.

„Arm. Mann," sagte sie unw.; „— denn die Leute so böse — Euch gewesen?"

Er — plötzlich auf, so daß sie — zurück. und glaubte, er — sie schlagen. Aber er — sie nur an mit —, traurig. Augen und fragte, nicht — rauh — vorher: „Warum, Kind?"

„Ja nun," sagte sie, jetzt etwas —, „— Ihr so böse — und so — und 's ist — übermorgen Christtag! Alle Leute, auch die —, freuen — — den Christtag und — einander; ich —, Ihr — der einzig. Mensch in d. ganz. Welt, der — keinen Christtag —!"

Grammatik.

Der Schüler vergleiche die folgenden Sätze: —

(a) 1. Elsbet wandte sich um nach dem alten Mann.

2. Warum wandte Elsbet sich um nach dem alten Mann?

3. Liebe Elsbet, wende Dich nicht um nach dem alten Mann!

(b) 1. Elsbet, **welche** sich nach dem alten Mann um= wandte.

2. **Als** Elsbet sich nach dem alten Mann umwandte.

3. Ich möchte wissen, **warum** Elsbet sich nach dem alten Mann umwandte.

Regel.—Nach den relativen Fürwörtern und den rela= tiven Adverbien, sowie in der indirekten Frage werden die sogenannten **trennbaren** Zeitwörter nicht getrennt [vergleiche "Pr. L.," Lekt. 25, Gram. A., und „Einsiedler", Abschnitt I, Gram.]. Also ganz dieselben Gründe, welche das Zeitwort ans Ende bringen, verbieten die Trennung!

Aufgabe 3.

Der Schüler verändere die folgenden Sätze nach (*a*) 1, 2, 3 und (*b*) 1, 2, 3:—

(1) Die Mutter hielt das Kind frühzeitig zur Arbeit an. (2) Die bösen Buben gingen in den Wald hinaus. (3) Der alte Poppel kam zornig aus der Hütte hervor. (4) Das Mädchen drehte sich noch einmal um. (5) Elsbet wich vor dem alten Mann zurück. (6) Elsbet streifte von dem Spinngewebe herunter. (7) Die Kinder sprangen so schnell sie konnten den Berg hinunter. (8) Der alte Poppel jagte sie in großem Zorn den Berg hinunter. (9) Der alte Poppel fiel hin. (10) Die Kinder halfen dem alten Poppel nicht auf. (11) Elsbet legte noch einmal frisches Holz auf. (12) Elsbet fügte lächelnd folgende Worte hinzu.

Neunter Abschnitt.

Kapitel III. § 4.

"Christtag?" sagte der Alte, weiß nicht mehr, was das ist."

"O, das glaub' ich nicht!" rief Elsbet. Sie wurde immer eifriger[1], und der alte Mann sah immer ernster und aufmerksamer in das bewegte[2] Kindergesicht. "Das weiß ja jedermann, daß da der liebe Heiland[3] auf die Welt gekommen ist, und der ist so gut gewesen und so freundlich sein ganzes Leben lang! Und alle kranken Leute hat er gesund gemacht und viele Tote wieder lebendig, und er ist kein einzigesmal böse und zornig geworden[4], auch als böse Leute ihn so arg geplagt und an ein Kreuz genagelt (haben)!" In Elsbets Augen waren Thränen[5] getreten; gerade in diesen Tagen hatte die Mutter des Heilands Geschichte wieder mit ihr gelesen und es war ihr tief zu Herzen gegangen⁶. Der Alte nickte ihr zu. In seinem Herzen war vielleicht auch die heilige Geschichte wieder lebendig geworden, die seine Mutter ihm einmal erzählt (hatte).

Elsbet aber meinte, er habe vielleicht noch gar nichts davon gewußt und sei nur traurig über des Heilands martervolles Ende; darum lächelte sie ihn ganz tröstlich⁷ an und sagte:

„Das ist jetzt alles schon lang vorbei und er ist nun im Himmel in lauter Herrlichkeit" und Freude. Aber," sie sagte leise und vertraulich⁹ ihre innersten Gedanken, „ich glaube, allemal wenn sein Geburtstag kommt, so fällt's ihm wieder ein, daß er auch ein Kind gewesen ist. Die kleinen Kinder meinen¹⁰, das Christkind komme selber und bringe ihnen schöne Sachen; meine Mutter aber sagt, wenn wir ihn auch nicht sehen, es ist doch der Heiland, der zu Weihnachten wieder auf die Erde kommt und die Herzen freundlich macht gegen die Kinder. Da bekommt man schöne Christtagsbäume und Lichter daran und gute Sachen und Puppen und Spielzeug¹¹, und wenn auch¹² eine Mutter arm ist, so giebt sie ihrem Kinde doch etwas; denn der Heiland hat alle Leute lieb¹³."

„Alle?" sagte der Alte traurig. „Nein, es giebt¹⁴ Leute, die der Heiland nicht mehr will."

„Ich glaub's nicht," sagte Elsbet und schüttelte¹⁵ ihr Köpfchen; „die Mutter sagt, es sei nie zu spät. Aber jetzt muß ich heim, sonst hat meine Mutter Angst. Adieu, und kommt nur herunter, wenn's so kalt ist; wir sind arm, aber wir haben doch immer eine warme Stube, und — Ihr müßt's nicht übel nehmen, wenn Ihr nicht so bös wäret, ich glaube, es kämen gern manchmal ein paar Kinder und würden Holz für Euch auflesen¹⁶."

„Nein, nein, Kleine, aber wart noch!" Und aus einer Ecke seiner Hütte holte er eine alte braune Büchse [17] und langte etwas daraus. Da Kind, das nimm [18]!"

Nun war Elsbet sehr begierig [19] gewesen, was für geheimnisvolle Schätze [20] der Alte aus seiner Büchse hervorbringen werde. Sie war daher etwas enttäuscht [21], als es ein Papier mit altem, grobem Ahornzucker war, wie er in Amerika aus dem Saft der Ahornbäume gekocht wird; der Alte mußte ihn wohl vor langer Zeit einmal gegen einen Husten [22] gekauft haben. Aber sie war ein gut erzogenes [23] Kind und wußte, daß man für eine wohlgemeinte Gabe freundlich danken muß. So sagte sie höflich: „Danke schön, Herr Poppel!" und sah ihn dabei ängstlich an; denn sie war nicht gewiß, ob er auch wirklich so hieß [24]; sie wußte aber keinen andern Namen.

Der Herr Poppel wurde indessen [25] nicht böse. Er stand lange unter seiner Thüre und sah dem Kinde nach, wie sie den Berg hinuntertrippelte, und sein Gesicht sah nicht mehr finster [26] und zornig aus; auch war es seit lange zum erstenmal, daß er jemand etwas Freundliches erwiesen [27], wenn's auch nur ein Stückchen alter Ahornzucker war.

Worterklärung.

[1] **Eifrig** [Abschnitt VIII, 5].   [2] **Bewegen**, gehen machen. Der Dampf bewegt das Dampfboot, die Maschine, die Lokomotive etc.; der Wind bewegt die Bäume; ein Wort der Liebe bewegt oft ein hartes Herz. Was also ist „ein bewegtes Gesicht"?   [3] Der **Heiland** ist derjenige, welcher in die Welt kam, um zu „heilen": Jesus Christus. „Heilen" ist gesund machen.   [4] Ist **geworden**: Perfectum von „werden" [siehe Anhang V, 3].   [5] Die **Thräne**. „Thränen" sind die Wassertropfen, welche bei großem Schmerz, oder auch bei großer Freude, „in die Augen treten" = in die Augen kommen.   [6] Etwas **geht mir zu Herzen** = es geht mir ins Herz = es bewegt mir das Herz.   [7] **Tröstlich**, beruhigend, encouragierend. Das Verbum ist **trösten** =

beruhigen, encouragieren. Wir „trösten" die Traurigen, die Unglücklichen, diejenigen, welche ihre Lieben durch den Tod verloren haben. **⁸ Die Herrlichkeit**: wunderbare Schönheit, Glorie (f.). **⁹ Vertraulich**, herzlich, intim. **¹⁰ Meinen**, denken, glauben. **¹¹ Das Spielzeug**: Sachen (Dinge), womit Kinder spielen. **¹² Wenn auch**, oder „wenn —auch": obgleich, „wenn—noch so". [Vergl. Abschn. V, Wort ¹⁰]. **¹³ Lieb haben**, gern haben, lieben. „Simon Petrus, hast du mich lieb? Hast du mich lieber, als mich diese haben?" **¹⁴ Es giebt**: es sind, es finden sich; französisch: il y a. **¹⁵** „Elsbet **schüttelte** ihr Köpfchen" bedeutet das Gegenteil von: „Der Alte **nickte** ihr zu". Das **Schütteln** ist eine verneinende Kopfbewegung, das **Nicken** oder **Zunicken** eine bejahende. **¹⁶ Auflesen**, las auf, aufgelesen: sammeln, zusammenbringen. **¹⁷ Die Büchse**, vergl. Pfefferbüchse ["Pr. L.," Lekt. 18]. **¹⁸ Nimm** (du): Imperativ von **nehmen** (nimmst, nimmt), nahm, genommen. **¹⁹ Begierig**: sehr wünschend, etwas zu haben oder zu wissen. **²⁰ Der Schatz**: ein kostbares Ding; Pl. **Schätze**: Kostbarkeiten, Reichtümer. **²¹ Enttäuscht** sind wir, wenn wir etwas sehr wünschen, auf etwas ängstlich hoffen, und bekommen es nicht. Die Kinder sind gewöhnlich sehr „enttäuscht", wenn sie zu Weihnachten nichts oder nur sehr wenig bekommen. **²² Der Husten** ist eine Affektion des Halses (Kehle), welche gewöhnlich von Erkältung herrührt (kommt). Wenn viele Kinder in der Schule zu gleicher (derselben) Zeit den „Husten" haben, so kann man oft sein eigenes Wort nicht hören. **²³ Erziehen**, erzog, erzogen: alles thun, was nötig ist, um ein Kind physisch und intellektuell wachsen zu machen. Das „Erziehen" der Kinder ist keine Kleinigkeit (ein kleines Ding), und die Eltern sollten hierin mit dem Lehrer (Schulmeister) immer Hand in Hand gehen. **²⁴ Heißen**, hieß, geheißen. **²⁵ Indessen**, aber, jedoch. **²⁶ Finster**, sehr dunkel, bei schlechter Laune (Humor). **²⁷ Erweisen**, erwies, erwiesen: erzeigen, thun.

Aufgabe 1.

(a) Wußte der alte Einsiedler noch, was der Christtag zu bedeuten hat? Konnte Elsbet das glauben? Wie sah der alte Mann in das bewegte Kindergesicht? Wer, sagte Elsbet, **sei** (indirekte Rede) an dem Tage auf die Welt gekommen? Wie sei er sein ganzes Leben gewesen? Was **habe**

er gethan? Wie sei er kein einziges Mal geworden, auch
als böse Leute ihn so arg geplagt und ans Kreuz genagelt
hätten? Was war in Elsbets Augen getreten? Was
hatte die Mutter gerade in diesen Tagen wieder mit ihr
gelesen? War es ihr zu Herzen gegangen? Wie zeigte
der Alte, daß ihm die Rede des Kindes gefiel? Was war
in seinem Herzen vielleicht wieder lebendig geworden? Was
meinte Elsbet von dem alten Mann? Wie lächelte sie ihn
an, und was sagte sie? Wo, sagte Elsbet, sei der Heiland
nun? Was **falle** ihm aber allemal ein, wenn sein Geburts=
tag **komme**? Was **meinten** die kleinen Kinder? Wer sei
es, der zu Weihnachten wieder auf die Erde **komme** und die
Herzen freundlich **mache**, wenn wir ihn auch nicht **sähen**?
Was **bekomme** man da, wenn auch die Mutter arm sei?
und warum sei das so? Was meinte jedoch der Alte
traurig? Was entgegnete Elsbet darauf? Wodurch zeigte
sie, daß sie anderer Meinung war? Was **sage** ihre Mutter?
Was, sagte Elsbet, **müsse** sie jetzt thun? Warum **müsse** sie
heimgehen? Was **solle** der alte Mann thun, wenn es so
kalt sei? Was hätten sie doch immer zu Hause, wenn sie
auch arm wären (oder: seien)? Was würden die Kinder
für ihn thun, wenn er nicht so böse wäre? Was holte der
Alte jetzt aus einer Ecke? Was war Elsbet begierig ge=
wesen, zu wissen? Wie fühlte sie sich, als der Alte nur ein
Papier mit altem Ahornzucker daraus hervorbrachte? Wo=
raus wird der Ahornzucker bereitet? Wogegen (gegen was)
hatte der Alte den Ahornzucker wahrscheinlich gekauft? Was
wußte sie indessen als ein gut erzogenes Kind? Wie dankte
sie dem alten Mann? Wie sah sie ihn dabei an?
Warum? Wurde der Herr Poppel böse darüber? Wo
stand er, und was that er, als das Kind den Berg hinunter=
trippelte? Wie sah sein Gesicht nicht mehr aus? Hatte er
den Leuten neuerdings viel Freundliches erwiesen?

(b) Der Schüler erkläre: eifrig, bewegen, Heiland, die Thräne, trösten, die Herrlichkeit, vertraulich, meinen, das Spielzeug, wenn auch, lieb haben, es giebt, begierig; gebe Synonyme für: erweisen, sehr dunkel, jedoch; erkläre das Zeitwort „erziehen", und das Hauptwort „der Husten". Wie sind wir, wenn unsere Hoffnungen hinfällig geworden sind? Welches Wort in diesem Abschnitt bedeutet: Reich=tümer oder Kostbarkeiten? Was thut man häufig, wenn man etwas (1) verneint, (2) bejaht? Bitte, konjugieren Sie das Zeitwort „werden"! Wie heißt das Perfectum? Wie heißt das Imperfectum von „es giebt"? das Perfectum? das Futurum? der Konjunktiv des Präsens und des Imperfectums? Nennen Sie gefälligst die Hauptteile von: nehmen, auflesen, erziehen, erweisen!

Aufgabe 2.

„Christtag?" sagte der Alte, „— nicht mehr, was das ist."
„O, das glaub' ich nicht!" — Elsbet. Sie — immer eifriger, und d. alt. Mann sah — ernster und — in d. — Kindergesicht. „Das weiß — jedermann, daß da der lieb. — auf d. Welt gekommen —, und — — so gut gewesen und so freundlich sein g. Leben lang! Und alle — Leute — er gesund — und viele Tote wieder l., und er — kein .mal böse und zornig —, — — böse Leute ihn so arg — und an ein Kreuz — (haben)!" In Elsbets Augen — — getreten; gerade in dies. Tagen — die Mutter des Heilands Geschichte wieder mit — gelesen und es — — tief — Herzen gegangen. Der Alte — ihr zu. In sein. Herz. — vielleicht auch d. heilig. Geschichte wieder lebendig —, die seine Mutter ihm einmal — (hatte).

Elsbet aber —, er — vielleicht — — nichts davon — und — nur traurig über des Heilands m. Ende; darum lächelte sie ihn g. — an und sagte:

„Das ist jetzt alles — lang — und er ist nun im Himmel in lauter — und —. Aber," sie sagte — und — ihre innersten G., „ich glaube, — wenn sein .tag kommt, so —'- ihm wieder —, daß er auch ein Kind — —. Die klein. Kinder meinen, das Christkind — selber und — ihnen schön. Sachen; meine Mutter — sagt, — wir ihn — nicht sehen,

— ift — der Heiland, der — Weihnachten wieder auf d. Erde kommt und die Herz. freundlich macht — die Kinder. Da — man schön. Christtagsbäume und Licht. daran und gut. Sachen und Puppen und Sp., und — — eine Mutter arm ist, so — sie ihrem Kinde — etwas; — der Heiland — alle Leute lieb."

„Alle?" sagte der Alte tr. „Nein, es — Leute, die der Heiland nicht — will."

„Ich glaub's nicht," sagte Elsbet und — ihr Köpfchen; „die Mutter sagt, — — nie zu spät. Aber jetzt — — heim, — hat meine Mutter Angst. Adieu, und kommt — herunter, wenn's so kalt —; wir sind —, aber wir haben — — eine warme —, und Ihr —'- nicht übel —, wenn Ihr nicht so bös —, ich glaube, es — — manchmal ein paar Kinder und würden Holz für Euch —."

„Nein, nein, Kleine, aber — noch!" Und aus — Ecke seiner Hütte — er — alte braune Büchse und — etwas daraus. „Da Kind, das —!"

Nun — Elsbet sehr — gewesen, was — geheimnisvolle — der Alte aus sein. Büchse hervorbringen —. Sie war — etwas —, als es ein Papier mit alt., — .zucker war, — — in Amerika aus d. Saft d. Ahornbäume gekocht —; der Alte m. ihn — — lang. Zeit einmal gegen ein. — getauft —. Aber sie war ein gut — Kind und —, daß man für eine — Gabe freundlich danken —. So sagte sie h.: „Danke —, Herr Poppel!" und — ihn — ängstlich an; denn sie war nicht —, ob er auch — so —; sie wußte — kein. ander. Namen.

Der Herr Poppel — — nicht böse. Er — lange unter sein. Thüre und sah d. Kinde nach, — sie den Berg hinunter., und sein Gesicht — nicht mehr — und zornig —; auch war es — lange zum erstenmal, daß er — etwas Freundlich. —, —'- — nur ein Stückchen alter Ahornzucker —.

Grammatik.

Wenn Ihr nicht so böse **wäret,** (so) **kämen** die Kinder gern (oder: würden die Kinder gern kommen). [Vergl. Abschnitt VII, Gram.]

Regel.—In hypothetischen Sätzen braucht man wie im Englischen „wenn" (if) mit dem Konjunktiv des Imperfectums oder Plusquamperfectums.

Aufgabe 3.

Der Schüler bilde hypothetische Sätze (wie oben) mit dem im Folgenden unvollständig gegebenen Material:—
(1) Der Knabe — fleißig; lernen. (2) Das Wetter — schön; einen Spaziergang machen. (3) Wir — zu Hause; ein schönes Buch lesen. (4) Wir — ein gutes Buch; die Zeit wird uns nicht lang. (5) Ich — Zeit; in den Park gehen. (6) Er — mehr Geld; kaufen. (7) Frau N. — ein eigenes Haus; nicht zur Miete wohnen. (8) Ich weiß das; nicht in die Stadt gehen. (9) Ich habe das gewußt; das Haus verkaufen. (10) Zufrieden; glücklich.

Zehnter Abschnitt.
Kapitel III. § 5.

Es war ein schöner sonniger Wintertag. Der alte Mann saß vor seiner Thüre und ließ sich anscheinen von der warmen Sonne; es war fast[1], als ob auch eine Sonne in sein altes, zugefrorenes Herz geschienen hätte und das Eis darin aufgethaut[2]. Es fiel ihm allerlei ein, an das er lange nicht mehr gedacht (hatte), und als er nachts auf seinem rauhen Lager eingeschlafen[3] war, und der helle, klare Vollmond gerade auf sein Gesicht schien durch das zerbrochene Fenster über der Hüttenthür, da kamen ihm wunderbare Träume[4], — er hatte seit vielen Jahren nicht mehr geträumt, — Träume, wie sie vielleicht selten bei den Menschenkindern einkehren[5], wie sie wohl nur manchmal von freundlichen Engeln einem einsamen Menschenherzen zugetragen werden.

Er hat es nie so recht erzählen können, was er eigentlich geträumt (hat) in jener Nacht; aber sein Schlummer war friedlich⁶ und sanft⁷, wie lange nicht mehr. Wie lauter Gold und Purpur schien das Morgenlicht in seine Hütte, als er erwachte, und wie er vor die Thür trat, war's ihm, als ob der grüne Tannenbaum vor der Thür mit einem Ast hinunter zeige zu den Menschen drunten, und den anderen freudig emporstrecke in den lichten, blauen Himmel.

Dem alten Mann war auch ein gescheiter Gedanke gekommen, noch gescheiter vielleicht als der des wilden Heiner am Tag vorher; er lachte auch ganz vergnügt vor sich hin⁸, so oft er ihm einfiel, und konnte fast nicht erwarten, bis er ihn ausführen⁹ konnte. Er zündete¹⁰ ein helles, schönes Feuer an und kochte sich ein ordentliches Frühstück; dann brachte er dem Esel sein Futter, und dem kam's gewiß recht verwunderlich vor, als sein Herr ihn streichelte¹¹ und ihn freundschaftlich auf den Rücken patschte. Das war ihm wohl noch niemals passiert oder doch gar lang nicht mehr.

„Wir geh'n heut fort mit einander, Kamerad," sagte der Einsiedler, „und du sollst schönen Hafer¹² bekommen zum Christtag!"

Aus einer alten Kiste¹³ holte er ein Kleidungsstück hervor; kein Mensch hätte geglaubt, daß der Alte einen so schönen, pelzverbrämten¹⁴ Mantel habe! Etwas staubig und mottenzerfressen¹⁵ war er freilich, aber gut warm, und man kannte den Alten nicht mehr, so stattlich sah er aus, nachdem er den Mantel umgeworfen¹⁶ hatte.

Als sein Esel gesattelt war, schlich der Einsiedler vorsichtig in die hinterste Ecke seiner Hütte, hob¹⁷ da ein Brett¹⁸ vom Boden, griff hinunter und zog¹⁹ einen schwer gefüllten Geldbeutel²⁰ hervor, und steckte ihn zu sich. So war also nicht alles unwahr, was die Leute von ihm sagten. Schade²¹, daß ihn die Buben vom Dorfe nicht sehen konnten, wie er auf seinem Esel den Berg hinunter ritt, einen leeren[22] Sack hinten auf dem schäbigen, alten Sattel. Die Buben aber, die trauten[23] sich nicht so leicht wieder in den Wald hinaus; sie hatten doch ein böses Gewissen*, daß sie den alten Mann hatten so allein blutig draußen liegen lassen. Sie hatten Elsbet seither noch nicht gesehen und fürchteten, man möchte den Einsiedler tot finden und sie darum anklagen[24]; es war ihnen gar nicht recht fröhlich und christtäglich zu Mute[25].

Der Alte aber schien alles vergessen zu haben, was ihn so erzürnt[26]. Er sah ganz vergnüglich aus, wie er so fort trottelte auf seinem Esel und vor sich hin brummelte: „Allerlei schöne Sachen und Puppen und Spielzeug. Wollen's schon kriegen!"

Der Esel wußte seinen Weg; es war der einzige, den er machte, und ging ungefähr eine Stunde weit der Stadt zu. In die Stadt hinein war aber der Herr und der Esel noch nie gekommen. Es war außen in der Vorstadt ein garstiger, trübseliger Laden; dort kaufte der Einsiedler, wenn es sein mußte, die allernötigsten Bedürfnisse[27]: geringen Thee, Zündhölzer[28], dürre Fische und dergleichen[29] für seinen elenden Haushalt daheim.

Auf diesen Laden zu, in dem der Einsiedler noch nie so elegant in seinem Pelzmantel erschienen war, trabte jetzt der Esel; sein Herr gab ihm einen gelinden Puff[30] und sagte: „Nicht da, Kamerad, vorwärts!"

Worterklärung.

[1] **Fast**, syn. beinahe. [2] **Aufthauen**, thaute auf, aufgethaut. [3] **Einschlafen**, schlief ein, bin eingeschlafen. [4] **Der Traum**, Zeitwort: „träumen". Wenn wir im Schlaf denken, so „träumen" wir, haben einen „Traum". [5] **Einkehren**, kehrte ein, bin eingekehrt; syn. als Gast eintreten [" Pr. L.," Lekt. 22]. [6] **Friedlich**, syn. still, ruhig. [7] **Sanft**, syn. mild, ruhig. [8] „Vor sich hin lachen" bedeutet ungefähr so viel wie: für sich allein lachen. [9] Einen Wunsch oder Gedanken

ausführen bedeutet: das, was wir wünschen oder denken, **thun.**
¹⁰ **Anzünden,** zündete an, angezündet, syn. anbrennen. Wir „zünden" am Abend das Licht „an" [vergl. "Pr. L.," Lekt. 11].
¹¹ **Streicheln** bedeutet: die Hand sanft darüber hingleiten lassen.
¹² Der **Hafer** ist das Lieblingsfutter der Pferde ["Pr. L.," Lekt. 25].
¹³ Die **Kiste,** syn. der Kasten. ¹⁴ **Pelzverbrämt,** mit Pelz eingefaßt; der Pelz ist eine mit seinem, dichtem Haar bedeckte Tierhaut. ¹⁵ **Mottenzerfressen:** zerfressen von den Motten; fressen = essen. Die Tiere „fressen", die Menschen „essen". „Zer"fressen = in Stücke fressen, so wie „zer"schlagen = in Stücke schlagen etc. ¹⁶ **Umwerfen,** warf um, umgeworfen. ¹⁷ **Heben,** hob, gehoben [vergl. auch Abschnitt VI, Wort ³]. ¹⁸ Das **Brett:** eine dünne Holzplanke. ¹⁹ **Hervorziehen,** zog hervor, hervorgezogen; „ziehen" bedeutet hier nicht: gehen, wie in Abschnitt III, Wort ², sondern: herbeibringen, hervorholen. Man sagt auch: eine Linie „ziehen", den Rock an „ziehen", die Schuhe aus- „ziehen" etc. ²⁰ Der **Geldbeutel,** syn. das Geldsäckchen. ²¹ **Schade.** Man braucht dieses Wort sehr oft, um auszudrücken, daß uns etwas leid thut. Anstatt „schade" kann man auch sagen: „Es ist (war etc.) schade," daß etc., oder: „Wie schade!" ²² **Leer,** Gegenteil: voll.
²³ Sich **trauen.** „Die Buben trauten sich nicht in den Wald" bedeutet: sie hatten nicht den Mut oder die Courage, hinauszugehen.
* Das **Gewissen** ist die innere Stimme, welche uns sagt, was gut oder böse ist, welche uns warnt, wenn wir Böses thun wollen etc. ²⁴ **Anklagen,** klagte an, angeklagt. „Jemand des Mordes anklagen" bedeutet: erklären oder aussagen, daß er Mord begangen **habe.** ²⁵ „Es ist mir nicht wohl **zu Mute"** bedeutet: ich fühle mich nicht wohl, ich bin nicht glücklich. ²⁶ **Erzürnen:** zornig machen. ²⁷ Das **Bedürfnis.** Was wir „bedürfen" oder nötig haben (= haben müssen), ist ein „Bedürfnis". ²⁸ Das **Zündholz:** ein schlankes, dünnes Hölzchen, womit man das Licht, das Feuer etc. an „zündet". ²⁹ **Dergleichen** = der gleichen Art (Sorte); man braucht „dergleichen" oft wie: **u. s. w.**
³⁰ Der **Puff:** ein schwerer Schlag oder Stoß, besonders mit der Faust.

Aufgabe 1.

(a) Wie war das Wetter an dem Tage, wo die Neubrucher Kinder zu dem alten Peppel hinausgegangen waren? Wo saß der Alte, und was that er, nachdem Elobet heimgegangen war? Welchen Einfluß (Wirkung) hatte die Liebe der kleinen Elsbet auf das Herz des alten Mannes gehabt? Was fiel ihm ein, wie er so vor seiner Hütte saß und sich von der Sonne anscheinen ließ? Wie war die darauf folgende Nacht? Worauf und wodurch schien der helle, klare Vollmond? Was that der Alte in seinem Schlaf? Von welcher Art waren seine Träume in jener Nacht? Hat er es jemals recht erzählen können, was er geträumt hat? Wie schien das Morgenlicht in seine Hütte? Wie war es ihm, als er an jenem Morgen erwachte und den Tannenbaum vor seiner Hütte sah? Was für ein Gedanke war dem alten Mann gekommen? Machte dieser Gedanke dem Alten Freude? Was konnte er kaum erwarten? Womit begann er sein Tagewerk? Wie behandelte er seinen alten Esel? War das dem Esel schon oft passiert? Was sagte der Alte zu dem Tier? Was holte er aus einer alten Kiste hervor? Was hätte kein Mensch geglaubt? Wie war der Mantel? Wie sah der Alte aus, nachdem er den Mantel umgeworfen hatte? Hätten ihn die Neubrucher Kinder gekannt, wenn sie ihn gesehen hätten? Was that er, als sein Esel gesattelt war? War also, was die Leute von dem alten Poppel sagten, wahr? Was war schade? Was hatte er hinten auf dem schäbigen, alten Sattel? Warum trauten sich die Buben nicht wieder in den Wald hinaus? Was fürchteten sie? Wie war ihnen nicht zu Mute? Erinnerte sich der Alte heute an all den Unfug, den die bösen Buben mit ihm getrieben hatten? Wie sah er aus, wie er so auf seinem Esel forttrottelte, und was brummelte er vor sich hin? Wußte der Esel seinen Weg, und warum? Waren die beiden jemals in die Stadt gekommen? Wo machte der Einsiedler seine Einkäufe? Was für Dinge kaufte er nur? Was that und sagte der alte Poppel, als der Esel auf diesen Laden zutrabte?

(*b*) Der Schüler erkläre: fast, träumen, einkehren, friedlich, sanft, ausführen, anzünden, streicheln, der Hafer, die Kiste, der Pelz, pelzverbrämt, fressen, zerfressen, zerschlagen; gebe Synonyme für: eine dünne Holzplanke, das Geldsäckchen, den Mut haben, ich fühle mich fröhlich, zornig machen, der Stoß mit der Faust. Womit zündet man gewöhnlich das Licht an? Wie nennt man das, was man bedarf oder nötig hat? Was thut derjenige, welcher erklärt, daß jemand Mord begangen habe? Was ist das Gegenteil von voll? Was sagt man sehr oft, wenn einem etwas leid thut? Wie bekommt man den Geldbeutel aus einer tiefen Tasche? Wie schwer können Sie heben? Was thun unvorsichtige Kinder häufig mit der Kaffeetasse? Was kommt erst: das Schlafen oder das Einschlafen? Was thut die gefrorene Erde, wenn die warme Sonne sie bescheint? Der Schüler gebe die Hauptformen von: einschlafen, aufthauen, einkehren, vor sich hinlachen, ausführen, anzünden, umwerfen, heben, sich erheben, ziehen, hervorziehen, sich trauen, anklagen.

Aufgabe 2.

Es war ein schön. sonnig. Wintertag. Der alt. Mann saß vor sein. Hütte und ließ sich — von — warm. Sonne; es war —, — — auch — Sonne in sein alt., zugefroren. Herz — hätte und — Eis darin —. Es — ihm allerlei ein, an das er — nicht — — hatte, und — er — auf sein. rauh. Lager — war, und — hell., klar. Vollmond — auf — Gesicht — durch — zerbrochen. Fenster über — Hüttenthür, da kamen — wunderbare —, er hatte — vielen Jahren nicht mehr —, — wie sie vielleicht selten bei d. Menschenkindern —, wie sie — nur manchmal von freundlich. Engeln einem — Menschenherzen — werden.

Er hat es nie — — erzählen können, was er — geträumt in jen. Nacht; aber sein Schlummer war — und —, — lange nicht mehr. Wie — Gold und P. schien d. Morgenlicht in f. Hütte, als er —, und wie er vor d. Thür —, —'- ihm, als ob d. grün. Tannenbaum vor d. Thür mit ein. Ast hinunter — zu d. Menschen brunten, und d. ander. freudig — in d. licht. blau. Himmel.

Dem alt. Mann war auch ein — Gedanke gekommen, — gescheiter vielleicht — der des wild. Heiner — Tag vorher; er l. auch ganz vergnügt — — hin, — oft er ihm —, und konnte — nicht erwarten, bis er ihn — k. Er — ein hell. schön. Feuer an und — sich ein ordentlich. Frühstück; dann — er d. Esel s. Futter, und dem —'- gewiß recht verwunderlich vor, als s. Herr ihn — und ihn freundschaftlich auf d. Rücken —. Das — ihm — noch niemals —.

Als s. Esel ges. war, — der Einsiedler — in d. hinterst. Ecke sein. Hütte, hob da ein — vom Boden, — hinunter und — einen schwer gefüllt. — hervor, und — ihn zu sich. So war — nicht alles unw., was die Leute — ihm sagten. —, daß ihn die Buben vom Dorfe nicht sehen k., — er auf s. Esel d. Berg hinunter —, einen — Sack hinten auf d. schäbig., alt. Sattel. Die Buben aber, die — — nicht so leicht wieder in d. Wald hinaus; sie hatten doch ein — Gew., daß sie b. alt. Mann hatten so allein — draußen l. l.

Der Alte — — alles vergessen zu —, was ihn so —. Er — g. vergnüglich aus, — er so fort trottelte auf s. Esel und — — — brummelte: „— schön. Sachen und P. und Sp. —'- — kriegen!"

Der Esel wußte s. Weg; es war d. einzig., d. er machte, und ging — ein. Stunde weit d. Stadt zu. In d. Stadt hinein — aber der Herr und b. Esel — nie —. Es war — in d. Vorstadt ein garstig. trübselig. Laden; bort — der Einsiedler, wenn es sein mußte, die allernötigst. —: geringen T., Z. und dergl.

Grammatik.

Der Schüler vergleiche aufmerksam die folgenden Sätze:—
Der alte Poppel stand vor seiner Hütte (Dat.).
  „ „ „ trat „ seine „ (Acc.).
Elsbet war in der Hütte (Dat.).
  „ ging „ die „ (Acc.).
Ein lustiges Feuer brannte auf dem Herd (Dat.).
Elsbet legte das Holz „ den „ (Acc.).
Was ist die Regel? [Siehe Anhang III, b.]

Aufgabe 3.

Der Schüler vervollständige die nachfolgenden Sätze:—
Der alte Poppel ging in — Hütte. Er war in — Hütte.

Er trat vor — Thür. Er stand vor — Thür. Ich lege die Feder auf — Tisch. Die Feder — auf — Tisch. Warum gehen Sie — — Thür? Warum stehen Sie — — Thür? Der Zeigefinger ist — — Mittelfinger. Ich lege den Bleistift — — Federhalter. Wozu läuft der Mann hinter — Haus? Der Mann arbeitet hinter — Haus. Der Knabe schwamm über — Fluß. Die Brücke befindet sich über — Fluß. Der Hund liegt jetzt unter — Tisch. Der Hund legte sich vor einer Minute unter — Tisch. Mein Messer liegt zwischen — Buch und — Lampe. Ich lege jetzt mein Messer zwischen — Buch und — Lampe.

Elfter Abschnitt.
Kapitel III. § 6.

In schweigender[1] Verwunderung marschierte der Esel zum Thor hinein. Am Tage vor Weihnachten haben die Leute gar viel zu thun, so gaben sie nicht viel acht[2] auf den seltsamen alten Reiter.

Der aber sah nur nach den Schaufenstern der Kaufläden, bis er endlich seinen Esel halten ließ an einem Spielwarenladen, der jetzt zum Weihnachtstag wie ein wahres Kinderparadies ausgeschmückt[3] war.

Die Ladendiener waren höchlichst belustigt[4] über die sonderbare Erscheinung. Als aber der rostige alte Mann in dem mottenzerfressenen Pelzmantel einen so dicken Beutel voll Geld herauszog, da sprangen sie alle herbei und beeilten[5] sich, ihn zu bedienen.

Die allerschönsten Sachen breiteten[6] sie vor ihm aus: allerliebste Puppenkinder mit Wachsköpfchen und Glasaugen, Moosgärtchen mit wolligen Schäflein darin, Hühnerhöfe mit gefiederten Hennen, Schächtelchen mit niedlichem[7] Küchengeschirr[8]. Es war eine wahre Lust zu sehen, wie vergnügt der alte Poppel eins nach dem andern nahm und bei Seite legte. Die Kaufmannsdiener wickelten[9] alles sorgsam in feines Papier, ehe es in den Sack geschoben[10] wurde. „Noch etwas für Mädchen! Jetzt auch Sachen für Knaben!" kommandierte er immer wieder, und Reitpferde, und Fuhrmannswagen, Schachteln mit Bleisoldaten, Peitschen[11], Säbel und Flinten[12] wanderten in den Sack, bis er so voll war, als ihn der Esel nur tragen konnte.

„Kommen Sie bald wieder, alter Herr," riefen lachend die Commis[13], als er seinen Einkauf baar[14] bezahlt hatte. Aber der „alte Herr", den man lange nicht so höflich traktiert hatte, hatte noch nicht genug. Er ging auch in einen Zuckerladen, und kaufte große Düten[15] mit Konfekt, die er in seine tiefen Manteltaschen schob. In einen Buchladen kehrte er zum Schluß ein, und der Buchhändler sah ihn verwundert an, als er Bilder- und ABC-Bücher verlangte[16], die vor vielen, langen Jahren Mode gewesen waren bei Kindern.

Endlich aber waren der Herr und der Esel genug beladen. Der letztere wurde noch mit dem schönsten goldenen Hafer bewirtet[17], daß ihm's gewiß ganz christtäglich zu Mute[18] ward, und wurde ihm noch ein Säcklein davon aufgeladen, als sie vergnügt heimwärts zogen.

Es giebt ein Märchen von einem Posthorn, in dem an einem sehr kalten Tag alle schönen Melodien eingefroren sind, die der Postknecht[19] hineingeblasen. Als das Posthorn am warmen Feuer aufgehängt wurde, da thauten all' die Melodien auf und es blies[20] von selbst die allerschönsten Lieder, eins nach dem andern. So ein eingefrorenes Posthorn war wohl auch das Herz des alten Mannes, und gar manche selige Weihnachtsbotschaft[20], auf die er nicht geachtet[21], war jetzt aufgethaut darin. Darum kam er so reichbeladen heim, fast als ob er das Christkind selber wäre.

Auch in dieser Nacht hatte er schöne und liebliche Träume. Es war ihm, als ob Alter und Herzeleid von ihm abgefallen[21], als ob er wieder ein fröhlicher Knabe sei und das heilige Christkind selbst mit ihm spiele. „Schenk' mir auch etwas!" bat er, als in seinem Traum das Christkind wieder aufschweben[22] wollte zum Himmel.

Er hörte aber nur noch Klänge so lieblich wie jenes Engellied in der ersten Weihnacht: „Ehre sei Gott in der Höhe und Friede auf Erden und den Menschen ein Wohlgefallen!"

Worterklärung.

[1] **Schweigen**, schwieg, geschwiegen, syn. still sein, nicht reden. [2] **Achtgeben**, gebe acht, gab acht, achtgegeben; syn. aufmerken, aufmerksam sein. Der Lehrer sagt oft zu den Kindern: „Kinder, jetzt gebt acht!" [3] **Ausschmücken**, schmücke aus, etc. [siehe Abschnitt IV, Wort [5]]. [4] **Belustigen**, syn. lustig machen. [5] **Sich beeilen**; „eilig" bedeutet: schnell, rasch, hastig; die „Eile", syn. die Schnelligkeit, die Hast. Was also ist: „sich beeilen"? [6] **Ausbreiten**, breite aus etc., von „breit"; „ausbreiten" bedeutet: „breit" hinlegen, d. h.: einzeln hinlegen, so daß man jedes Stück für sich sehen kann. [7] **Niedlich**, syn. klein und schön. [8] Das **Küchengeschirr** [siehe Abschnitt VIII, Wort [14]]. [9] **Wickeln** [siehe Abschnitt VIII, Wort [11]]. [10] **Schieben**, schob, geschoben. Das Pferd „zieht" den Wagen, der Mann „schiebt" den Karren. „Schieben" ist also von hinten vorwärts bewegen. [11] Der Fuhrmann treibt das Pferd an mit der **Peitsche** (k.). [12] Die **Flinte**. Der Jäger schießt den Hasen, den Fuchs etc. mit der „Flinte". [13] Der **Commis**, syn. Ladendiener. [14] „**Baar" bezahlen**, Gegenteil: „auf Kredit" kaufen. [15] Die **Düte**: ein Papiersack, in Deutschland gewöhnlich von buntem Papier. [16] **Verlangen** [siehe Abschnitt V, Wort [4]]. [17] **Bewirten**, syn. traktieren. Der „Wirt", d. h. der Herr des „Wirtshauses", „bewirtet" die Gäste ["Pr. L.," Lekt. 22 und 25]. [18] **Ward** — wurde. „Es ist mir schlecht zu Mute"

= ich fühle mich schlecht. „Es wird mir schlecht zu Mute" = ich fange an mich schlecht zu fühlen. [19] **Der Knecht,** syn. der Diener; **Postknecht,** syn. Postillion. [20] **Blasen,** blies, geblasen. Man „bläst" die Trompete. Der Wind „bläst" durch die Blätter, etc. [21] **Selig,** syn. sehr glücklich; der Himmel ist der Ort (Platz) der „Seligen". „Selig sind, die reines Herzens sind", sagt die Heilige Schrift. [22] **Die Botschaft,** Sendung, Verkündigung. [23] **Achten**: achtgeben [siehe No. 2 dieses Abschnittes]. [24] **Abfallen,** fiel ab, **bin** abgefallen ["Pr. L.,"] Lekt. 22, Gram.]. [25] **Aufschweben**: sich emporschwingen, emporfliegen.

Aufgabe 1.

(a) Wie marschierte der Esel zum Thor hinein? Warum gaben die Leute nicht viel acht auf den alten Mann? Wonach sah dieser nur? Wo ließ er seinen Esel endlich halten? Wie war der Laden ausgeschmückt? Worüber waren die Ladendiener belustigt? Was thaten sie jedoch, als sie den dicken Geldbeutel sahen? Was breiteten sie vor ihm aus? Was war eine wahre Lust zu sehen? Was thaten die Kaufmannsdiener mit jedem einzelnen Artikel, den der Alte gekauft hatte? Was kaufte er für die Knaben? Was riefen die Commis lachend, als der Alte seinen Einkauf baar bezahlt hatte? Hatte er jetzt genug? Wohin ging er zunächst? Was kaufte er da? Wohin kehrte er zum Schluß (am Ende, endlich) ein? Was für Bilder- und ABC-Bücher verlangte er? Womit wurde der Esel noch bewirtet, ehe sich der Alte wieder auf den Heimweg machte? Wie muß dem Tier gewiß zu Mute gewesen sein? Womit vergleicht die Verfasserin dieser schönen Erzählung das Herz des alten Mannes? Bitte, erzählen Sie dieses schöne Märchen! Wie schlief der alte Mann in dieser Nacht? Wie war es ihm? Was bat er, als in seinem Traum das Christkind wieder aufschweben wollte? Was hörte er aber nur noch?

(b) Der Schüler erkläre: schweigen, achtgeben, belustigen, eilig, ausbreiten, niedlich, das Küchengeschirr, schieben, die Peitsche, die Flinte, der Commis. Was ist das Gegenteil von: „auf Kredit"? Worein thut der Konditor (Zuckerbäcker) das Konfekt? Was thut der Wirt als solcher? Was ist der Unterschied zwischen: „Es ist mir warm" und „es wird mir warm"? Was ist ein Knecht? Postknecht? Was thut der Wind? Wer — die Trompete? Syn. für: sehr glücklich? Was ist „aufschweben"? Hauptformen von: schweigen, achtgeben, ausschmücken, sich beeilen, ausbreiten, schieben, es ist mir warm, es wird mir übel, blasen, abfallen, aufschweben.

Aufgabe 2.

In — Verwunderung marschierte — Esel — Thor hinein. — Tage vor Weihnachten haben die Leute — viel zu —, so — sie nicht viel — — den seltsam. alt. Reiter.

Der aber sah nur nach d. Schaufenstern der —, bis er endlich sein. Esel halten — an ein. Spielwarenladen, der jetzt — Weihnachtstag wie ein wahr. Kinderparadies — war.

Die Laden. waren höchlichst — über d. sonderbar. Erscheinung. Als aber d. rostig. alt. Mann in d. mottenzerfressen. Pelzmantel ein. so dick. — voll Geld —, da — sie alle herbei und — —, ihn zu beb.

„Kommen — — wieder, alt. Herr," riefen l. die —, als er sein. Einkauf — — hatte. Aber der „alte Herr", den man lange nicht so b. tr. hatte, hatte noch nicht —. Er — auch in ein. Zuckerladen, und kaufte groß. — mit —, die er in seine tief. M. sch. In einen Buchladen — er z. Schl. ein, und der B. sah ihn verwundert —, als er Bilder und ABC=Bücher —, die — vielen, langen Jahren Mode — — bei Kindern.

Endlich — waren der Herr und der Esel genug —. Der letztere — noch mit d. schönst. golden. Hafer —, daß —'- gewiß ganz christtäglich — Mute —, und — ihm noch ein Säcklein davon auf., als sie — heimwärts z.

— — ein M. von ein. Posthorn, in b. an ein. sehr kalt. Tag alle schön. Melodien — sind, die der Postknecht hineing. Als d. Posthorn am warm. Feuer auf. —, da — all' die Melodien auf und es — von selbst die allerschönst. Lieber, eins nach d. ander. So ein eingefroren. Posthorn war — auch d. Herz des alt. Mannes, und — manche — Weihnachts., auf d. er nicht —, — jetzt auf. darin. Darum kam er so reichbeladen heim, — — ob er das Christkind selber —.

Auch in dies. Nacht hatte er schön. und lieblich. Träume. Es — ihm, — ob Alter und H. von ihm —, als — er wieder ein fröhlich. Knabe — und — heilig. Christkind selbst mit ihm sp. „— mir auch etwas!" — er, als in sein. Traum d. Christkind wieder — wollte — Himmel.

Er — aber nur noch — so lieblich — jen. Engellied in d. erst. Weihnacht: „— — Gott in der Höhe und — auf Erden und den Menschen ein —!"

Grammatik.

Der Schüler vergleiche aufmerksam die nachstehenden Sätze:—

Der Traum des Alten war lieblich.
Der liebliche Traum des Alten.
Das war ein lieblicher Traum.
O lieblicher Traum!

Die Frau Hall war bescheiden.
Die bescheidene Frau Hall.
Sie war eine bescheidene Frau.
Bescheidene Frau!

Das Häuschen war trübselig.
Das trübselige Häuschen.
Das war ein trübseliges Häuschen.
Trübseliges Häuschen!

[Siehe Anhang II, *a, b, c.*]

Aufgabe 3.

Der Schüler behandle folgende Wörter in gleicher Weise:—

Mann, gut; Frau, freundlich; Kind, böse; Wald, einsam; Hütte, öde; Märchen, liebevoll; Knabe, fleißig; Commis, höflich; Geschenk, herrlich; Tag, wunderschön; Mondschein, lieblich; Wärme, unerträglich; Buch, prachtvoll.

Zwölfter Abschnitt.
Kapitel IV. § 1.

Das war ein geschäftiger Tag für den alten Mann, als er am andern Morgen aufstand. Er hatte in seinem Leben noch nie so viel zu schaffen gehabt. Der einzige Mensch, den er im Dorfe kannte, der Schulmeister, war auf sein Ersuchen[1] mit ihm hinausgekommen zu seiner Hütte. Als er aber zu diesem sagte: „Hören Sie, Herr Schulmeister, ich möchte einmal all' dem jungen Volk einen vergnügten Christtag machen, helfen Sie mir ein bißchen[2]!" da schaute[3] ihn der erschrocken an, ob der alte Poppel am Ende närrisch[4] geworden sei.

„Ich weiß kaum so recht, wie mir's gekommen ist," fuhr der alte Mann fort; „aber ich habe in vielen, vielen Jahren keinem Menschen eine Freude gemacht und wo ich Kinder gesehen, habe ich sie gescholten[5] und fortgejagt[6]. Jetzt möcht' ich einmal allen mit einander einen fröhlichen Christtag machen, daß sie nicht mehr davonlaufen vor mir."

„Ja, aber—wie, warum? Und haben Sie denn einen Schatz[7] gefunden?" fragte der verblüffte[8] Schulmeister, als er auf der Seite in buntem Gemisch[9] alle die Herrlichkeiten sah, die der Esel aus der Stadt hergetragen hatte.

„Nein," sagte der Einsiedler traurig; „ich bin nicht so

arm, wie es nach meinem elenden Leben aussieht. Aber ich bin ein unglücklicher, einsamer, alter Mann, den nichts auf der Welt mehr freut. So habe ich mit meinem Geld mir selbst und anderen nichts Gutes mehr gethan in langer Zeit.

„Es ist nicht immer so gewesen, Herr Schulmeister. Ich habe weit, weit von hier, nicht sehr weit von New York, eine nette Farm gehabt, und als ich mein schönes, braves Weib verloren, da habe ich mein einziges Kind über die Maßen [10] lieb gehabt. Was ich dem Mädchen an den Augen abgesehen [11] habe, das hab' ich ihr gethan.

„Etwas eigenwillig ist meine Ellen geworden, aber ein schönes Mädchen, meines Herzens Stolz [12] und Freude.

„Da kam ein Kerl [13] in unsere Gegend, ein Jäger, glaub' ich, und er behauptete, er sei ein Graf oder so etwas gewesen; der war noch nicht lang da, so begehrte er meine Ellen zum Weibe. Ich habe nie etwas auf ihn gehalten [14], ich schlug [15] es ihm rund ab und sagte ihm, so ein hergelaufener Mensch ohne Arbeit bekomme mein Kind nicht. Die Ellen aber schrie und weinte, den wolle sie haben. Ich habe ihr die besten Worte gegeben und sie gebeten, sie soll nur bei mir bleiben, mein einziges und liebes Kind, der Bursch würde sie gewiß unglücklich machen; ich wolle mit ihr ziehen, wohin sie wolle.—Gewiß, nie hat ein Vater sein Kind so gebeten, aber nachgeben konnte ich ihr nicht.

„Sie aber ist davongegangen bei Nacht und Nebel [16] und hat mich allein gelassen, mich, ihren alten Vater, ganz allein auf der Welt, und ich hätte mein Herzblut für sie gegeben!

„Da ist mein Herz geworden wie ein Stein in lauter Haß [17] gegen alle Menschen, weil mir alle böse vorgekommen sind und falsch, nachdem mich mein Kind so betrogen [18] (hatte), und wo ich Kinder gesehen, bin ich noch zorniger geworden, wenn mir einfiel, wie meine Ellen auch so gespielt (hatte) und wie sie meines Herzens Lust gewesen war. Ich habe mich eingeschlossen [19] in meinem Haus und mit keinem Menschen mehr geredet."

"Und von Ihrer Tochter haben Sie nichts mehr gehört?" fragte mitleidig der Schulmeister.

"Einmal," sagte der alte Mann düster [20]. "Ich weiß nicht recht, ob mir's [21] geträumt hat oder ob's wirklich so gewesen ist; in einer mondhellen Nacht hat's an mein Fenster geklopft, länger als ein Jahr, nachdem mein Kind mich verlassen (hatte). Wie ich aufstand, da war draußen im hellen Mondlicht ein bleiches Weib mit einem Kind auf dem Arm und rief kläglich [22]: „Vater, laß mich ein!" Da überkam mich der Zorn und ich rief: „So, jetzt willst du kommen, und ich hab' dich gebeten wie einen Stein, du sollst mich nicht verlassen, und du bist von mir gegangen! Jetzt lieg', wo du dir gebettet [23] hast!" und ich schlug das Fenster zu und legte mich auf mein Lager. Aber schlafen konnt' ich nicht mehr; ich bin noch einmal aufgestanden und hab' mich draußen umgesehen, war aber niemand da, keine Spur [24]. Hab' auch am andern Tag wieder die Nachbarn angeredet und gefragt, ob niemand ein Weib mit einem Kinde gesehen habe. Sie haben aber nichts gewußt; so dacht' ich, es habe mir geträumt."

Worterklärung.

[1] Das **Ersuchen**, syn. die Bitte. [2] **Ein bißchen**, syn. ein wenig. [3] **Anschauen**, syn. ansehen. [4] **Närrisch**, syn. thöricht, nicht bei Verstand; Gegenteil: verständig, weise, bei Verstand. [5] **Schelten**, schalt, gescholten. Wenn die Kinder fleißig und gut sind, so „lobt" sie der Lehrer, wenn sie aber träge und böse sind, so „schilt" er sie. [6] **Fortjagen**, syn. fort- oder wegtreiben; der Jäger „jagt" das Wild. [7] **Schatz** (m.), ein kostbares Gut. [Abschnitt IX, Wort [20]]. [8] **Verblüfft**, syn. verlegen [Abschnitt VIII, Wort [29]]. [9] Das **Gemisch** oder die **Mischung**. Das Glockengut (=material) besteht gewöhnlich aus einer Mischung von Kupfer und Zinn. Vergl. lauter, syn.

ungemischt. ¹⁰ **Ueber die Maßen** mehr als gut oder weise ist.
¹¹ **Absehen,** sah ab, abgesehen: „jemand (Dat.) etwas an den Augen absehen" bedeutet: an den Augen sehen, was er wünscht. ¹² Der **Stolz** ist das Gefühl der eigenen Größe, syn. Hochmut. ¹³ Der **Kerl** bedeutet: Mann, aber entweder in einem familiären oder in einem schlechten, verächtlichen Sinn. Ein „Dieb" ist ein schlechter Kerl; mein „Freund" Anton ist ein hübscher Kerl; Fritz ist ein netter Kerl.
¹⁴ „Etwas **auf** jemand **halten**" bedeutet: eine gute Meinung von ihm haben, ihn lieb haben. ¹⁵ **Abschlagen,** schlug ab, abgeschlagen; syn. zurückweisen. Wir „schlagen ab", was wir nicht willens sind zu thun. ¹⁶ Der **Nebel** ist eine dicht am Erdboden lagernde „Wolke". Wenn Wolken vor die Sonne treten, so kann man dieselbe nicht sehen. Der Regen kommt aus den Wolken. Nebel sind sehr häufig in London. „Bei Nacht und Nebel" = in der Dunkelheit der Nacht. ¹⁷ Der **Haß,** Gegenteil: die Liebe. ¹⁸ **Betrügen,** betrog, betrogen; syn. täuschen, hintergehen, beschwindeln. ¹⁹ **Sich einschließen,**—schließe mich ein, schloß mich ein, habe mich eingeschlossen = hineingehen und die Thüre zuschließen (zumachen mit dem Schlüssel). ²⁰ **Düster,** syn. dunkel, traurig, trübselig. ²¹ „**Es träumt mir**" = **ich träume;** sowie „**es freut mich**" = **ich freue mich.** ²² **Kläglich,** von „klagen", syn. lamentieren ["Pr. L.," Lekt. 22]. ²³ **Sich betten:** sich das Bett machen. Ich bette mir = ich mache mir das Bett. ²⁴ Die **Spur** ist der Eindruck, welchen der Fuß in den Schnee oder in die weiche Erde etc. macht; Pl. die Spuren. Man hat bis jetzt noch keine Spur von dem Bankpräsidenten M.... entdeckt; oder: man ist ihm bis jetzt noch nicht „auf die Spur gekommen".

Aufgabe 1.

(a) Wie war der nächste Tag für den alten Mann? Wer war der einzige Mensch, den er im Dorfe kannte? Was hatte dieser auf Ersuchen des Alten gethan? Was offenbarte der letztere nun dem ersteren? Wie schaute der Schulmeister den alten Mann an? Welche Erklärung gab er dem Schulmeister? Wie erklärte der Alte sich weiter, als jener ihn verblüfft fragte, ob er denn einen Schatz gefunden **habe?** Was hatte der alte Mann nicht weit von New York gehabt? Wem wandte der Alte nach dem Tod seines schönen, braven

Weibes seine ganze Liebe zu? Was that er infolge seiner väterlichen Liebe, aber auch Schwäche? War die Wirkung solcher Liebe eine heilsame? Wie war die Tochter geworden? Was für ein Mädchen war sie dem Aeußeren nach? Wer kam dann in die Gegend? Was behauptete er, daß er sei? Was begehrte er? Hatte der Alte viel auf ihn gehalten? Was that er deshalb, als jener um die Hand seiner Tochter anhielt (bat)? Was sagte er ihm rund heraus? Was aber that die Tochter? Wie suchte der Vater sein Kind zu beruhigen? Was, sagte der Alte, **habe** (indirekte Rede) ein Vater nie gethan? Was **habe** er aber nicht thun können (gekonnt)? Was **habe** seine Tochter nun gethan? Was **hätte** er für sein Kind gegeben? Wie **sei** sein Herz da geworden? Warum **sei** es so geworden? Wie **sei** er geworden, wenn er Kinder gesehen **habe**? Was **sei** ihm jedesmal eingefallen, wenn er Kinder gesehen **habe**? Was **habe** er endlich gethan? Was fragte ihn darauf der Schulmeister mitleidig? Ob er etc. Wie oft, sagte der Alte, **habe** er von ihr gehört? Was **habe** er einmal in einer mondhellen Nacht, länger als ein Jahr nach dem Weggehen seiner Tochter gehört? Wer **sei** draußen gewesen, als er aufgestanden? Was **habe** sie kläglich gerufen? (Ihr Vater **solle** sie einlassen.) Was **habe** ihn überkommen? Was **habe** er gerufen? Wo **solle** sie jetzt liegen? Was **habe** er darauf gethan? **Habe** er aber noch schlafen können (gekonnt)? Was **habe** er noch einmal gethan? Wen **habe** er am nächsten Tage darüber gefragt? **Hätten** die Nachbarn etwas gewußt? Was **habe** er also gedacht? (N. B. In allen diesen Sätzen kann man auch, weniger elegant, den Konjunktiv des Plusquamperfectums brauchen.)

(b) Der Schüler erkläre: das Ersuchen, ein bißchen, anschauen, närrisch, fortjagen, verblüfft, das Gemisch, über die Maßen, jemand etwas an den Augen absehen, der Stolz, der Kerl, etwas auf jemand halten, etwas abschlagen, der Nebel. Was ist das Gegenteil von: „die Liebe"? Was thue ich, wenn ich in ein Zimmer gehe und schließe die Thür hinter mir zu? Was that der Schulmeister wahrscheinlich, wenn die wilden Buben gegen seinen Willen in den Wald hinausgingen? Synonyme von: beschwindeln, dunkel, lamentieren. Wie kann man sagen anstatt: ich träume, ich friere, ich freue mich? Was bedeutet: sich betten? Was verstehen Sie unter dem Wort „Spur"?

Aufgabe 2.

Das war ein — Tag für d. alt. Mann, als er am andern Morgen —! Er — in sein. Leben nie so viel zu — gehabt. Der einzig. —, d. er im Dorfe —, der Schulmeister, war auf sein — mit — hinaus. zu sein. Hütte. — er — zu diesem sagte: „Hören —, — Schulmeister, ich — einmal all' dem jung. Volk ein. vergnügt. Christtag machen, helfen — — ein bißchen!" Da — ihn der erschrocken an, — der alt. Poppel am Ende — geworden —.

„Ich weiß — so recht, wie —'- gekommen —," — der alte Mann fort; „aber ich habe in vielen, vielen Jahren kein. Mensch. — Freude gemacht und wo ich Kinder gesehen, habe ich sie — und fortg. Jetzt — — einmal allen mit einander ein. fröhlich. Christtag —, daß sie nicht mehr — vor mir." * * * *

„Ich bin nicht so arm, wie es nach mein. elend. Leben —. Aber ich bin ein unglücklich., einsam., alt. Mann, d. nichts auf d. Welt mehr —. So habe ich mit mein. Geld — selbst und ander. nichts Gut. mehr — in lang. Zeit.

„Es — nicht immer so gewesen, — Schulmeister. Ich habe weit, weit von hier, nicht sehr weit von New York, eine — Farm —, und als ich mein schön., brav. Weib v., da habe ich mein einzig. Kind über die — — gehabt. Was ich b. Mädchen an d. Augen — habe, das — — ihr gethan.

„Etwas eigenwillig — meine Ellen geworden, aber ein schön. Mädchen, meines Herz. — und Freude. * * * *

„Sie ist davon. bei Nacht und — und hat mich allein —, mich, ihr. alt. Vater, ganz allein auf d. Welt, und ich — mein. H. für sie gegeben!

„Da — mein Herz — wie ein Stein in lauter H. gegen alle Menschen, weil mir alle böse vorgekommen — und —, nachdem mich mein Kind so — (hatte), und wo ich Kinder gesehen, — ich noch zorniger —, wenn — einfiel, wie meine Ellen auch so — (hatte) und wie sie meines Herzens — gewesen —. Ich habe mich — in mein. Haus und mit kein. Mensch. mehr —."

"Und von Ihr. Tochter haben Sie nichts mehr gehört?" fragte — der Schulmeister.

"Einmal," sagte der alte Mann —. "Ich weiß nicht recht, ob —'- geträumt hat oder ob's — so gewesen —, in ein. mondhell. Nacht hat's an m. Fenster —, länger als ein Jahr, — mein Kind mich — (hatte). Wie ich —, da war draußen im hell. Mondlicht ein bleich. Weib mit ein. Kind auf d. Arm und rief —: „Vater, — — ein!"

Grammatik.

Jetzt **möcht' ich** einmal mit den Kindern einen fröhlichen Festtag halten.

Warum möcht' ich, und nicht: ich möcht'?

Regel.—Wenn ein **Adverb** oder eine adverbielle Phrase, oder das **Objekt**, dem Zeitwort **vorangeht,** so braucht man im Deutschen die **Inversion.**

Aufgabe 3.

Der Schüler ändere die folgenden Sätze nach obiger Regel:—

Der alte Poppel stand am nächsten Morgen früh auf. Er fütterte schnell seinen Esel. Er legte dann den Sattel auf. Er aß sein Frühstück in großer Eile. Die Kaufmannsdiener machten sich zuerst über ihn lustig. Sie wurden aber bald höflich. Ich habe dieses Buch gern, ich habe jenes Buch nicht gern. Man erkennt den Vogel an den Federn. Wir hatten letzten Winter wenig Schnee. Ich gehe morgen auf das Land. Herr B. kann heute nicht kommen.

Dreizehnter Abschnitt.
Kapitel IV. § 2.

„Von der Stunde an habe ich gar keine Ruhe mehr gehabt; bin fortgezogen, weit, weit, bis hieher. Menschen wollte ich gar nicht mehr sehen. So bin ich in die verlassene Hütte hier draußen gezogen und habe gelebt wie ein Bettler [1]. Mein Geld hab' ich aufgehoben [2]. Manchmal dachte ich doch, es habe mir vielleicht nicht geträumt in jener Nacht und mein Kind könnte noch einmal kommen; dann hätte ich ihr die Thür doch aufgemacht!

„Meinen Sie wohl, daß es ein Traum gewesen, Herr Schulmeister?"

„Das weiß ich nicht," sagte dieser, „und Ihre Tochter hat eine große Sünde begangen [3], aber — wenn Sie mir's nicht übel nehmen — Sie haben auch Schuld [4] gehabt. Ein Kind, dem man allen Willen thut, muß eigenwillig werden, und als die Tochter wiederkehrte, so hätten Sie wohl gemeinsam [5] mit ihr beten sollen: ‚Herr vergieb uns unsre Schuld!' "

„Ich hab's auch schon gedacht," sagte traurig der Alte, „und seit das kleine Mädchen da vom Dorf bei mir gewesen (ist), noch viel mehr. Es hat mir die ganze Nacht im Sinn gelegen, und deshalb möcht' ich nun einmal die Kinder alle erfreuen, weil ich ja nie mehr ein Kind oder einen Enkel haben werde, dem ich Freude machen kann."

„Nun, das wollen wir leicht zusammen fertig bringen!" sagte vergnügt der Schulmeister, der ein herzensguter Mann war und oft betrübt, daß er selbst nicht mehr zu verschenken hatte.

Kapitel V. § 1.

Es war Schulvakanz, dem morgigen Christtag zu Ehren[6], und doch stand vor dem Schulhaus ein dichter Haufen Kinder, große und kleine, so viele nur gehen konnten, als ob sie alle ein sehnsüchtiges[7] Verlangen hätten, doch zur Schule zu gehen.

So vorzüglich[8] waren aber die Kinder von Neubruch nicht. Sie standen alle und starrten[9] auf einen weißen Papierbogen, der an die Schulhausthür geklebt war. Darauf stand mit mächtig großen Buchstaben[10]:

„Der Einsiedler vom Walde ladet[11] seine guten Freunde, die Kinder von Neubruch, alle zusammen ein, ihn zu besuchen, heute Nachmittag, wenn die Schulglocke läutet[12]."

Das war nun eine Merkwürdigkeit[13]! „Höret, dahin geh' ich nicht," meinte Heinrich, „der will uns hinaus kriegen[14], daß er uns recht durchhauen kann!" „Vielleicht sind noch mehr so böse Kerle da draußen versteckt[15]," meinte ein anderer. „Oder er hat heimlich einen Hund draußen und hetzt[16] ihn auf uns," vermutete[17] der Jakob. „Kann sein, er macht seinen Esel wütig[18] und läßt ihn los," war die Ansicht[19] der dummen Liese, die mit schallendem[20] Gelächter aufgenommen wurde.

„Und ich glaub's nicht, daß er uns etwas thun will," sagte Elsbet, „und wenn's meine Mutter erlaubte, ich ginge gleich zu ihm hinaus."

„Ich auch, ich auch!" schrieen viele der Kinder, bei denen die Neugierde[21] jetzt viel mächtiger war als die Furcht.

„Das dürft ihr unbesorgt, Kinder," sagte der Schulmeister, der jetzt aus seiner Hausthür trat; „ich gehe selbst mit und stehe[22] euren Eltern gut dafür, daß euch nichts geschieht[23] bei dem alten Mann."

Den Eltern war's aber doch nicht recht wohl bei der Sache, als die Kinder atemlos heimstürzten [21] und die merkwürdige Einladung erzählten. Trotz des Schulmeisters Wort willigten sie nur ungern ein, sie zu dem seltsamen alten Manne zu lassen, von dem sie vermuteten, er sei vollends närrisch geworden.

Worterklärung.

[1] Der **Bettler**: Mann, welcher „bettelt", d. h. um ein Almosen (Liebesgabe) bittet. [2] **Aufheben**, hob auf, aufgehoben; syn. beiseitelegen, behalten. [3] **Begehen**, beging, begangen; syn. thun. Man „begeht" eine Sünde (Unrecht), Diebstahl, einen Mord etc. [4] **Die Schuld**. (a) Wenn ich von jemand $100 borge, so „schulde" ich ihm diese Summe. Die $100 sind meine Schuld ihm gegenüber. (b) Man braucht das Wort „Schuld" aber auch im „übertragenen" (figürlichen) Sinn, z. B.: „Vergieb uns unsere Schuld, wie wir vergeben unsern Schuldigern", oder: „Das ist nicht meine Schuld", d. h.: Ich kann nichts dafür, ich kann es nicht ändern. [5] **Gemeinsam**, syn. zusammen. [6] **Zu Ehren**. Dem Christtag zu Ehren bedeutet so viel wie: um den Christtag zu ehren. [7] **Sehnsüchtig**: ein großes Verlangen habend nach etwas. Wenn wir von der Heimat entfernt leben und ein sehr großes Verlangen nach derselben haben, so haben wir „Sehnsucht". [8] **Vorzüglich**, syn. ausgezeichnet, sehr gut. [9] **Anstarren**,—ich starre an etc. bedeutet: starr (= steif, bewegungslos) ansehen. [10] Der **Buchstabe**, syn. die Letter; a, b, c, d etc. sind Buchstaben. [11] **Einladen**, ladete (lud) ein, eingeladen bedeutet: jemand bitten, zu uns zu kommen. [12] **Läuten**: (a) intrans. = einen „Laut" von sich geben, tönen; (b) trans. = tönen machen. Die Glocke „läutet" (intr.). Wir „läuten" die Glocke (trans.). [13] Die **Merkwürdigkeit**: das, was „merkwürdig" (sonderbar, eigentümlich, wunderlich) ist. [14] **Kriegen**, fam. für „bekommen". [15] **Verstecken**, bedeutet: etwas wegstecken, sodaß andere es nicht (leicht) finden können. [16] **Hetzen**, syn. loslassen, nachjagen. [17] **Vermuten**, syn. denken, glauben (ohne wirklichen Grund), meinen. [18] **Wütig**: in Wut, wütend, sehr zornig. [19] Die **Ansicht**, von „ansehen", syn. die Meinung. [20] **Schallen**, Subst. der Schall, syn. der Widerhall, das Echo; was also ist „schallen"? Hier bedeutet das Wort „schallend" einfach: sehr laut. [21] Die **Neugierde**. Wer sehr „begierig" ist, Neuigkeiten zu hören, ist „neugierig", hat „Neugierde" oder „Neugier". [22] **Für etwas stehen** = garantieren, Garantie geben. [23] **Geschehen**, geschieht, geschah, ist geschehen, syn.

passieren, zustoßen, gethan werden. ²⁴ Heimstürzen, stürze heim etc., in größter Eile nach Hause laufen. Die wörtliche Bedeutung von „stürzen" ist: fallen; zur Thüre „hineinstürzen" ist: zur Thüre hineinfallen.

Aufgabe 1.

(a) Was, sagte der Alte, **habe** (indirekte Rede) er von jener Stunde an nicht mehr gehabt? Was **habe** er gethan? Was **habe** er nicht mehr sehen wollen? Wohin **sei** er gezogen, und wie **habe** er gelebt? Was **habe** er mit seinem Gelde gethan? Was **habe** er manchmal aber doch gedacht? Was **hätte** er in diesem Falle gethan? Welche Frage stellte er jetzt an den Schulmeister? Welche Antwort gab dieser? Wie, sagte der Schulmeister, **müsse** ein Kind werden, wenn man ihm allen Willen **thue**? Wie **hätten** Vater und Kind beten sollen (gesollt)? Was sagte darauf der Alte traurig? Was, sagte er, **wolle** er nun einmal thun? Was entgegnete darauf der Schulmeister vergnügt? Hatten die Kinder Schule an jenem Tage? Warum nicht? Was stand trotzdem vor dem Schulhaus? Was hätte man denken können (gekonnt), wie man sie so dort stehen sah? Hätte man da richtig gedacht? Warum nicht? Warum standen sie so gespannt (aufmerksam, neugierig) da? Welche Worte standen auf dem großen weißen Papierbogen geschrieben? Wurde diese Einladung von den Kindern sogleich freudig angenommen? Was meinte Heinrich? Was vermutete der Jakob? Welcher Meinung war ein anderer? Welche Vermutung sprach die dumme Liese aus? Was meinte dagegen die kluge Elsbet? Welchen Einfluß übte sie durch ihre Rede auf die anderen Kinder? Wer trat jetzt aus der Schulthüre heraus? Was sagte er zu den Kindern? Was thaten diese sogleich in größter Eile? Willigten die Eltern gern ein? Warum nicht?

(b) Der Schüler erkläre: der Bettler, aufheben, begehen, die Schuld, gemeinsam, zu Ehren, sehnsüchtig, vorzüglich, anstarren, einladen, der Buchstabe, läuten, die Merkwürdigkeit, kriegen, verstecken. Syn. für: loslassen oder nachjagen, meinen, sehr zornig, sehr lautes Gelächter, begierig Neuigkeiten zu hören, garantieren, passieren, fallen.

Aufgabe 2.

Von — Stunde — habe ich — keine Ruhe mehr —; bin —, weit, weit, bis hieher. Menschen wollte ich — nicht mehr sehen. So — ich in d. verlassen. Hütte hier draußen — und habe gelebt wie ein —. Mein Geld hab' ich —. Manchmal — ich doch, es — mir — nicht geträumt in jen. Nacht und mein Kind k. noch einmal kommen; dann — — ihr die Thür doch aufgemacht!

„Meinen Sie —, daß es ein Traum —, — Schulmeister?"

———

Es war Schulvakanz, b. morgig. Christtag zu —, und — stand vor b. Schulhaus ein dicht. Haufen Kinder, groß. und klein., so viele — gehen konnten, — — sie alle ein — Verlangen hätten, — zur Schule zu gehen.

So — waren — die Kinder von Neubruch nicht. Sie standen alle und — auf ein. weiß. Papierbogen, der an b. Schulhausthür — war. Darauf stand mit mächtig groß. —:

„**Der Einsiedler vom Walde** — sein. gut. Freund., die **Kinder von Neubruch, alle** — —, **ihn zu** —, **heute Nachmittag, wenn die Schulglocke** —."

Das war nun eine —! „Höret, dahin geh' ich nicht," — Heinrich, „der will uns hinaus —, daß er uns recht — kann!" „Vielleicht sind noch mehr so bös. K. da draußen —," — ein anderer. „Oder er hat — einen Hund draußen und — ihn auf uns," — der Jakob. „K. sein, er macht sein. Esel — und läßt ihn —," war die — der dumm. Liese, die mit schallend. Gelächter — wurde.

„Und ich glaub's nicht, daß er uns etwas — —," sagte Elsbet, „und wenn's meine Mutter —, ich — gleich zu ihm hinaus."

„Ich auch, ich auch!" — viele b. Kinder, bei denen die N. jetzt viel m. war als die Furcht.

„Das dürft ihr —, Kinder," sagte der Schulmeister, der jetzt aus sein. Hausthür —; „ich gehe selbst — und — euren Eltern gut —, daß euch nichts — bei b. alt. Mann."

Grammatik.

Der Schüler vergleiche aufmerksam nachstehende Sätze:—
Als die Tochter heimkehrte, (so) **hätten Sie** ...... beten sollen.

Sie hätten ...... beten sollen, als die Tochter heimkehrte.

Regel.—**Wenn** ein Satz mit einer **Konjunktion beginnt**, sind folgende drei Punkte zu beobachten:—
1. braucht man, wie wir gesehen haben, in dem eigentlichen Konjunktionalsatz die **Transposition** ["Pr. L.," Lekt. 25, Gram. A.];
2. findet die **Trennung** des Zeitwortes **nicht** statt (heimkehrte anstatt: kehrte heim) [Abschnitt VIII, Gram.];
3. steht im **Nachsatz** die **Inversion** („hätten Sie" anstatt: „Sie hätten").

Aufgabe 3.

Der Schüler verändere die nachfolgenden Beispiele wie oben, d. h. beginne mit der Konjunktion:—

Der alte Poppel brach aus der Hütte hervor, als die Knaben den Hügel heraufkamen. Er jagte die Kinder immer von sich, weil er sie nicht liebte. Die Kinder stürzten in voller Flucht den Berg hinab, sobald der Alte den Stock nach ihnen warf. Er fiel hin, weil er zu sehr sprang. Elsbet allein kam zurück, obgleich sie sich vor dem Alten fürchtete. Sie holte Wasser aus einem nahen Bächlein, da in der Hütte keines zu finden war. Sie machte sogleich ein Feuer auf dem alten Herd an, nachdem sie ein wenig dürres Holz aufgelesen hatte. Der alte Mann war (doch) sehr grob gegen Elsbet, obwohl sie ihm so viel Gutes erwies. Das Blut fing wieder an zu fließen, während sie die Stirn mit dem gewärmten Wasser abwusch. Der Alte rief sie jedoch noch einmal zurück, als sie fortgehen wollte. Elsbet legte noch einmal frisches Holz auf, ehe (bevor) sie heimging.— Wir müssen ordentlich studieren, wenn wir etwas Ordentliches (Tüchtiges) lernen wollen. Was denken Sie?

Vierzehnter Abschnitt.
Kapitel V. § 2.

Elsbet hatte der Mutter alles erzählt, was am vorgestrigen Tag draußen vorgegangen¹ war. Die Mutter war gar nachdenklich darüber geworden, gab ihr aber heute leicht die Erlaubnis, mit den anderen hinauszugehen.

Der Tag war prächtig hell und die Sonne schien klar, fast als ob's Ostern wäre und nicht Weihnachten, als zeitig am Nachmittag die wohlbekannte Schulglocke tönte, auf welche die Kinder, alle sauber² und warm gekleidet, mit ungeduldigem³ Verlangen gewartet hatten. Von allen Seiten brach die kleine Schar hervor und zog dem Walde zu, haufenweise oder einzeln, einige manierlich Hand in Hand, der Schulmeister voran.

Am Eingang des Thales brachte er sie ordentlich in Reih' und Glied⁴. Mit einigem Herzklopfen zogen sie den Hügel hinan; da stand der alte Poppel wieder in den seltsamen, mit Pelz verbrämten Mantel gehüllt vor seiner Thür unter dem Tannenbaum, den das unartige⁵ Volk von ihm verlangt hatte. Das war ein Tannenbaum! So hatte noch keins einen gesehen! Lichter waren nicht daran; aber im Sonnenlicht glänzten und funkelten⁶ all' die schönen, Tags vorher aus der Stadt herbeigeholten Sachen, die daran hingen, wie der allerherrlichste Regenbogen.

Ganz erstarrt[7] vor Verwunderung standen zuerst die Kinder. Der Heiner aber, der wußte was der Brauch war, der warf seine Mütze[8] in die Höh' und schrie: „Vivat hoch[9] der alte Poppel!" und „Vivat hoch der alte Poppel!" riefen laut und leise alle groben und feinen Stimmen der jungen Schar zusammen. Ein paar Mädchen fügten höflich noch hinzu: „Der alte Herr Poppel!" das hörte er aber nicht.

„Jetzt, Herr Schulmeister," sagte er, „Sie wissen's besser, was sie alle brauchen können; wollen Sie so gut sein und jedem etwas geben von dem Baum, im Namen des alten Poppel!"

Ganz still waren nun die Kinder, als sie den wundervollen Baum anschauten, denselben Baum, der seither so trübselig vor der düsteren Hütte gestanden und seinen Ast hinausgestreckt hatte wie einen drohenden Arm.

„Alle in Ordnung, in zwei Reihen[10]!" kommandierte der Schulmeister, „Buben links und Mädchen rechts! Heinrich Brosch vor und du Elsbet! Ihr seid die Größten, Ihr könnt mir helfen. Da hinten sind ein paar Körbe, die hab' ich diesen Morgen herausgeschickt; Messer hab' ich da. So, jetzt wird abgeleert[11]."

Das war nun eine Lust, wie alle die Herrlichkeiten nach und nach abgeschnitten[12] und wie sie verteilt[13] wurden. So reich und schön war die Bescheerung[14]! Jedes bekam so viel mehr und Schöneres, als es sich nur geträumt, daß man nicht eine Stimme von Neid[15] oder Unzufriedenheit hörte. Es war den Kindern wie ein glückseliger Traum.

Der alte Mann saß auf der Schwelle[16] seiner Hütte, hinter ihm war sein getreuer Esel angebunden, der heute wieder in goldenem Hafer schwelgte[17]. Der Alte sah das Glück der Kinder; er hörte den Jubel und sein Herz wurde warm, sein

Auge feucht [13] von Thränen, wie er sie lange nicht mehr
geweint, nicht mehr, seit seine kleine Ellen zu seinen Füßen
gespielt und ihm mit Freuden schöne Blümchen oder Stein=
chen zugetragen hatte, die sie gefunden (hatte).

In lautem Jubel über all' ihre schönen Gaben und in
eifriger Begierde [19], sie den Eltern zu zeigen, wäre das kleine
Volk beinahe ohne weiteres [20] den Berg hinabgerannt. Els=
bet aber war hingegangen zu dem Alten, hatte ihm freundlich
die Hand gegeben und gesagt: „Ich danke, danke recht viel=
mal!" Nun fiel es ihnen auch ein; eins nach dem anderen
kam her und dankte herzlich, und „Vivat, vivat hoch der
Einsiedler vom Hügel!" erschallte [21] in allen Tonarten, als
sie den Berg hinunter sprangen.

Worterklärung.

[1] **Vorgehen**, ging vor, ist vorgegangen; syn. passieren, geschehen.
[2] **Sauber**, syn. rein, reinlich, nett. [3] **Ungeduldig** bedeutet: ohne „Ge=
duld". Wer ruhig abwartet, bis das Gehoffte kommt, ist geduldig.
Wir reden von der „Geduld Hiobs" ["Pr. L.," Lekt. 21]. [4] „In
Reihe und Glied" ist ein militärischer Ausdruck und bedeutet hier: in
Marschordnung. Zwei „Reihen" Bäume bilden eine Allee. Der Finger
ist ein „Glied" der Hand; der Mittelfinger hat drei „Glieder".
[5] **Unartig**: ohne Art oder Manier; Gegenteil: artig, gut erzogen
[Abschnitt IX. Wort [23]]. [6] **Funkeln**, syn. glänzen. Wenn der
Schmied ein glühendes Stück Eisen auf den Amboß legt und darauf
schlägt, so fliegen die „Funken" (der Funke[n]) davon. [7] **Erstarrt**,
syn. steif, bewegungslos [vergl. Abschnitt XIII. Wort [9]]. [8] Die
Mütze, syn. Kappe. Im Dienst trägt der Soldat gewöhnlich den
Helm, außer Dienst trägt er in der Regel die Mütze. Die Schulknaben
in Deutschland tragen beinahe immer Mützen, selten Hüte. Der Hut
ist von Filz oder Stroh, die Mütze von Tuch. [9] **Vivat hoch!** = Er
lebe hoch! [10] **Reihen** [siehe No. [4] dieser Lektion]. [11] **Ableeren**,
leere ab, etc., = leer (Gegenteil: voll) machen. [12] **Abschneiden**,
schnitt ab, abgeschnitten: Wir „schneiden" mit der Schere, mit dem
Messer etc. [13] **Verteilen**: jedem sein(en) Teil geben. [14] Die **Be=
scheerung**: der Akt des Bescheerens; „bescheeren", syn. geben, schenken.
[15] Der **Neid**. Wer es nicht gern hat, wenn es seinem Nächsten wohl=
geht, ist „neidisch" auf ihn, „hegt Neid" gegen ihn. [16] Die **Schwelle**:

der schmale Streifen Holz unter der Thür. Kann man auf der Schwelle stehen oder sitzen, wenn die Thür zu ist? ¹⁷ **Schwelgen**: lustig essen und trinken. ¹⁸ **Feucht** von Thränen: bedeckt mit Thränen. Wenn es lange regnet, so werden die Wände gewöhnlich feucht. Wenn man bei nebligem Wetter draußen ist, so werden die Kleider feucht. ¹⁹ Die **Begierde**, syn. Wunsch, Verlangen, Lust [vergl. Abschnitt XIII, Wort ²¹]. ²⁰ **Ohne weiteres**, syn. ohne weitere Umstände, fr. sans façon. ²¹ **Erschallen**, syn. ertönen, erklingen [vergl. Abschnitt XIII, Wort ²⁰].

Aufgabe 1.

(a) Was hatte Elsbet der Mutter erzählt? Wie war diese geworden? Wie war das Wetter an jenem Tage? Worauf hatten die Kinder lange mit ungeduldigem Verlangen gewartet? Wie zog die kleine Schar dem Walde zu? Was that der Schulmeister am Eingang des Thales? Wie zogen die Kinder den Hügel hinan? Wo stand der alte Poppel? Wie war er gekleidet? Was wissen Sie über den Tannenbaum zu sagen? Wie standen die Kinder zuerst da? Wer zog die verwunderte kleine Schar bald aus der Verlegenheit, und wie? Was thaten auch die anderen sogleich? Wie suchten einige der jungen Mädchen das „der alte Poppel" zu berichtigen? Welche Bitte stellte jetzt der alte „Herr" Poppel an den über die Maßen vergnügten Schulmeister? Welches Kommando gab er sogleich? Wer sollte ihm beim Ableeren helfen? Warum gerade diese beiden? Worin bestand die Arbeit des Ableerens? Wie war die Bescheerung? Bekamen die Kinder so viel und so Schönes wie sie erwartet hatten? Was war nirgends zu hören? Welche Rolle spielte der Alte dabei, und welche Wirkung hatte der Anblick der glücklichen Kinderschar auf sein Gemüt? Woran hat er dabei wohl am meisten gedacht? Wie wäre das kleine Volk in seiner Begierde, so schnell wie möglich die erhaltenen Geschenke den Eltern zu zeigen, beinahe den Berg hinabgerannt? Wer mußte jedoch, wie man sich bei solchen Gelegenheiten zu benehmen hat? Was that und sagte sie? Wie beeinflußte ihr Beispiel die anderen?

(*b*) Der Schüler erkläre: vorgehen, sauber, ungeduldig, in Reih' und Glied, unartig, funkeln, erstarrt, die Mütze, vivat hoch! ableeren, verteilen, bescheeren, der Neid; gebe Synonyme für: das Verlangen, lustig essen und trinken, thränenbedeckt, sans façon, ertönen. Wie nennt man den schmalen Streifen Holz unter der Thüre? Was fliegt davon, wenn der Schmied mit dem Hammer auf ein glühendes Stück Eisen schlägt? Nennen Sie gefälligst drei verschiedene Kopfbedeckungen. Hauptformen von: vorgehen, abschneiden, ableeren.

Aufgabe 2.

Elsbet hatte der Mutter alles —, was am vorgestrig. Tag draußen — war. Die Mutter war gar — darüber —, gab — aber heute leicht die —, mit d. ander. hinauszugehen.

D. Tag war — — und d. Sonne schien klar, — — ob's D. wäre und nicht Weihnachten, als — am Nachmittag d. wohlbekannt. Schulglocke —, auf welche die Kinder, alle — und warm —, mit — Verlangen gewartet —. Von all. Seiten — d. klein. Schar hervor und — dem Walde zu, — oder einzeln, einige — Hand in Hand, der Schulmeister —.

Am — des Thal. brachte er sie ordentlich — — — —. Mit einig. Herzklopfen — — den Hügel hinan; da stand der alte Poppel wieder in den seltsamen, — — — Mantel gehüllt vor sein. Thür unter d. Tannenbaum, b. d. unartig. Volk von ihm — hatte. Das war ein —! So hatte — keins einen gesehen! Lichter waren nicht —; aber im Sonnenlicht glänzten und — all' die schön. Sachen, die daran —, wie d. allerherrlichst. R. * * * *

„Jetzt, Herr Schulmeister," sagte er, „Sie —'- besser, was sie alle — können; — — — gut sein und jedem — geben von b. Baum, im Namen d. alt. Poppel!"

Ganz still waren nun die Kinder, als sie d. wunderooll. Baum —, denselb. Baum, der — so trübselig vor b. düster. Hütte gestanden und s. Ast — hatte wie ein. drohend. Arm.

„Alle in D., in zwei R.!" kommandierte der Schulmeister, „Buben l. und Mädchen r.! Heinrich Brosch — und du Elsbet! Ihr — die Größt., Ihr könnt — helfen. Da hinten sind ein paar —, die hab' ich diesen Morgen heraus.; Messer hab' ich da. So, jetzt wird —."

Das war nun eine L., wie alle die H. nach und nach — und wie sie — wurden. So reich und schön war die —! Jedes — so viel mehr und Schöneres, — es sich nur —, daß man nicht eine St. von — oder Unzufriedenheit hörte. Es war d. Kindern — ein glückselig. Traum. Der alt. Mann saß auf d. — sein. Hütte, hinter ihm war sein — Esel —, der heute wieder in golden. Hafer —. Der Alte sah d. Glück d. Kinder; er hörte d. Jubel und sein Herz — warm, sein Auge — — Thränen, wie er sie lange nicht mehr —, nicht mehr, — seine klein. Ellen zu sein. Füßen gespielt und ihm mit Freuden schön. Blümchen oder Steinchen — hatte, die sie gefunden.

Grammatik.

Der alte Poppel war in den seltsamen „mit Pelz verbrämten" Mantel gehüllt.

Am Tannenbaum glänzten und funkelten all' die schönen „Tags vorher aus der Stadt herbeigeholten" Sachen.

Anmerkung.—Statt eines Relativsatzes (Mantel, welcher mit Pelz verbrämt war; Sachen, welche er Tags vorher aus der Stadt herbeigeholt hatte) braucht man im Deutschen sehr häufig die Participialkonstruktion, jedoch so, daß das Participium wie ein Adjektivum vor dem Substantivum steht und auch wie ein solches deklinirt wird.

Aufgabe 3.

Der Schüler behandle folgende Sätze nach dieser Regel:—

Haben Sie das Packet, welches Ihnen gestern von Ihrer Tante geschickt worden ist? Die Lektion, welche uns von Ihnen für morgen aufgegeben worden ist, ist zu lang. Das ist eine Geschichte, welche nicht sehr bekannt ist. Das Buch, welches ich gestern in dieser Buchhandlung gekauft habe, ist wunderschön. Pope ist ein Dichter und Kritiker, welcher allgemein bekannt ist. Das ist ein Fall, welcher nur selten vorkommt. Das ist eine Erzählung, welche jedermann bekannt ist, ein Thema, welches viel besprochen wird. Herr S. ist ein Mann, der viel gereist ist. David Copperfield ist ein Roman, der viel gelesen wird. Der Reisende aß die Austern, welche er für sein Pferd bestellt hatte, selbst. Die Königin beklagte sich nicht über die Rechnung, welche ihr vom Wirt der „Goldenen Gans" überreicht wurde.

Fünfzehnter Abschnitt.
Kapitel V. § 3.

Ueberall wurde mit großer Bewunderung und Dankbarkeit von dem alten Poppel gesprochen. Der saß droben vor seiner Hütte; der Schulmeister und Elsbet waren noch bei ihm, sie hatten ihn nicht sogleich allein lassen wollen.

„So, Kind," sagte endlich der Schulmeister, „jetzt müssen wir auch gehen. Deine Mutter kommt in Angst, wenn du nicht bald heimkommst."

„O, Ihr müßt nicht allein bleiben," bat Elsbet freundlich den alten Mann; „es wird ja so kalt da oben."

„Ich bin nicht mehr so allein wie vorher," sagte der Alte freundlich.

„Aber Ihr solltet doch mitkommen," bat Elsbet wieder; „jetzt haben Euch ja gewiß alle Leute gern!"

„Alle Leute?" sagte der Alte traurig und schüttelte den Kopf.

„O freilich," versicherte das Kind, und indem sie nachdenklich in sein düsteres Gesicht blickte, fragte sie: „Habt Ihr nicht auch einmal Kinder gehabt?"

„O ja!" rief der alte Mann schmerzvoll; „ich habe ein Kind gehabt, o, und ich weiß nicht, wo sie gestorben ist in Kälte und Elend! O hätt' ich ihr nur meine Thür aufgemacht!"

Erschrocken und ängstlich über diesen Jammerruf[1] drängte[2] sich Elsbet an den Schulmeister. „Sieh, Elsbet," rief der eben, „da kommt deine Mutter herauf! Die hat wohl Angst gehabt um dich, ich hätte dich früher heimführen sollen."

„Wo bleibt denn meine Elsbet so lang? Die anderen sind ja daheim?" fragte im Heraufsteigen die Mutter. Ihr Kind sprang ihr vergnügt entgegen; die blasse[3] Frau aber blieb verwundert stehen, als sie den alten Mann in seinem Pelzmantel unter der Thür stehen sah. „Wer ist das?" rief sie in Schreck und Ueberraschung[4].

„O, der alte Poppel, Mutter; weißt du, der uns sonst[5] so nachgesprungen ist, aber er ist so brav jetzt, da sieh!"

Die Mutter aber sah nicht auf Elsbets zierliches[6] Nähkästchen[7] und das schöne Seidentüchlein, das sie bekommen hatte. Sie und der alte Mann starrten einander an wie verzaubert[8], bis beide fast in einem Augenblick ausriefen:

„Bist denn du's? o Vater!"

„Ellen, Ellen, Kind, kannst du's sein!"

Und sie lachten und weinten und blickten einander an und Ellen fragte: „O Vater, kannst du mir verzeihen[9]?" und der Vater rief: „O Kind, bist du's doch gewesen? Und ich habe dich von meiner Thür gejagt!" Keins von beiden achtete[10] mehr auf das verwunderte Kind oder den Schulmeister, bis dieser seine Hände faltete[11] und sagte: „Des Herrn Rat[12] ist wunderbar, und führet es alles herrlich hinaus."

Jetzt ließ sich der alte Mann, der nicht Poppel hieß, sondern Robert Hall, willig bewegen, mit hinunter zu gehen zum Dorfe. So dürftig[13] die Hütte von Elsbets Mutter war, so war sie doch noch herrlich und behaglich gegen das trübselige Loch[14] im Walde da draußen.

Die kleine Elsbet, der es noch wie ein Traum war, daß der alte Poppel ihr Großvater sein sollte, machte ein gutes, warmes Feuer an und rückte das Theekesselchen dazu. Ein Weihnachtsgeschenk hatte die Mutter nicht für sie, aber ein kleines Christbäumchen hatte sie doch aufgetrieben[15]. Das zündete sie an, nun es dunkel geworden war; bei seinem Lichte ruhte der Alte, seine Tochter neben ihm auf einem Schemel[16], und so erzählten sie sich all' das Herzeleid, das sie erlitten, seit sie getrennt waren.

Worterklärung.

[1] **Der Jammer**, syn. das Elend, große Not. [2] **Drängen**, syn. drücken, treiben. „Sich drängen" bedeutet hier: so nah als möglich kommen. [3] **Blaß**, syn. bleich, ohne Farbe. [4] **Die Ueberraschung**, von „über" und „rasch", syn. das Staunen, die Verwunderung; wenn etwas, das wir gar nicht erwartet haben, ganz plötzlich („rasch") geschieht (passiert), so sind wir „überrascht". [5] **Sonst**, syn. früher. [6] **Zierlich**: klein und schön, syn. hübsch, nett. [7] Das **Nähkästchen**: kleiner Kasten zum „Nähen". Der Schneider „näht" mit der Nadel oder mit der „Näh"maschine. [8] **Verzaubern**: in „Zauber" versetzen. Die Zauberei, syn. die Magie. Haben Sie jemals die „Zauberflöte" von Mozart gehört? O ja, ich habe diese herrliche Oper schon öfters gehört. [9] **Verzeihen**, verzieh, verziehen, syn. vergeben, entschuldigen; Subst. die Verzeihung. „Bitte um Verzeihung" = bitte um Entschuldigung. [10] **Auf etwas achten**, syn. beachten, achtgeben, aufmerken. [11] **Falten**, zusammenlegen. Ehe man einen Brief ins Kouvert steckt, „faltet" man ihn. [12] **Der Rat** bedeutet hier: Gedanke, Plan. [13] **Dürftig**, syn. armselig, elend. [14] Das **Loch**: Öffnung, Riß; die fünf oder sechs kleinen Öffnungen in der Weste für die entsprechenden fünf oder sechs „Knöpfe" nennt man „Knopflöcher". [15] **Auftreiben**, trieb auf, aufgetrieben, bedeutet hier: etwas, das schwer zu haben ist, bekommen oder suchend finden. Der Hund des Jägers „treibt" den schlafenden Hasen „auf". Giebt es nicht einen ähnlichen Ausdruck im Englischen? (To — up.) [16] Der **Schemel**, syn. Fußbänkchen. „Der Himmel ist Sein Thron, und die Erde ist Seiner Füße Schemel."

Aufgabe 1.

(a) Wie wurde überall von dem alten Poppel gesprochen? Wo saß der, und wer war immer noch bei ihm? Was sagte der Schulmeister endlich? Warum, sagte er, **müßten** sie jetzt gehen? Was, sagte Elsbet, **müsse** der alte Mann nicht thun? Was antwortete dieser darauf freundlich? War Elsbet mit dieser Antwort zufrieden gestellt? Was gab ihr der Alte zur Antwort, als sie ihn fragte, ob er auch einmal Kinder gehabt **habe**? Was that Elsbet erschrocken und ängstlich über diesen Jammerruf? Was rief da plötzlich der Schulmeister? Was fragte die Mutter im Heraufsteigen? Was that Elsbet, sobald sie ihre Mutter sah? Wie wirkte der Anblick des alten Mannes auf die blasse Frau? Was riefen beide fast in demselben Augenblick aus? Was können Sie weiter sagen über diese gänzlich unverhoffte Begegnung? Was that der brave alte Schulmeister angesichts derselben? War es jetzt immer noch schwer, den Alten zu bewegen, mit hinunter ins Dorf zu gehen? Wie war das Häuschen der Frau Hall dennoch gegen das trübselige Loch von einer Hütte, in der ihr Vater seither „gehaust" hatte? Zu Hause angekommen, was that Elsbet selbstverständlich sogleich? Hatte die Mutter ein Weihnachtsgeschenk für ihre Tochter? Was hatte sie indessen doch aufgetrieben? Wann zündete sie das an? Was thaten Vater und Tochter begreiflicher= weise (selbstverständlich)?

(b) Der Schüler erkläre: der Jammer, drängen, blaß, die Überraschung, sonst, zierlich, das Nähkästchen, verzaubern, verzeihen; gebe Synonyme für: achtgeben oder aufmerken, zusammenlegen, armselig, das Fußbänkchen. Wie nennt man die kleinen Öffnungen in der Weste für die Knöpfe? Welches Zeitwort braucht man, um auszudrücken, daß man etwas, das schwer zu haben ist, endlich bekommen oder gefunden hat? Hauptformen von: verzeihen, vergeben, auf etwas achten, auftreiben.

Aufgabe 2.

Überall — mit groß. Bewunderung und — von b. alt. Poppel gesprochen. Der — droben vor sein. Hütte; der Schulmeister und Elsbet waren noch — ihm, sie hatten ihn nicht — allein lassen w.

„So, Kind," sagte — der Schulmeister, „jetzt müssen wir auch gehen. Deine Mutter — — Angst, wenn du nicht bald —."

„O, Ihr müßt nicht allein —," — Elsbet freundlich den alt. Mann; „es — — so kalt da —."

„Ich bin nicht mehr so allein wie —," sagte der Alte freundlich.

„Aber Ihr solltet doch —," — Elsbet wieder; „jetzt — Euch — gewiß alle Leute gern!"

„Alle Leute?" sagte der Alte — und — b. Kopf.

„O —," — das Kind, und indem sie nachdenklich in sein düster. Gesicht —, fragte sie: „Habt Ihr nicht auch einmal Kinder —?"

„O ja!" — der alte Mann schm.; „ich habe — Kind gehabt, o, und ich weiß nicht, wo sie — — in Kälte und E.! O, — ich ihr — meine Thür —!"

— und ängstlich über dies. .ruf — — Elsbet an den Schulmeister. „Sieh, Elsbet," rief der —, „da kommt deine Mutter herauf! Die hat — Angst gehabt — dich, ich hätte dich früher heim. s."

„Wo bleibt — meine Elsbet so lang? Die ander. sind — daheim?" fragte im — die Mutter. Ihr Kind sprang ihr vergnügt —; die bl. Frau aber — verwundert —, als sie den alt. Mann in sein. Pelz= mantel unter b. Thür stehen sah. „Wer ist das?" rief sie in Schreck und —.

„O, der alte Poppel, Mutter; weißt du, der uns — so nach. ist, aber er ist so — jetzt, da sieh!"

Die Mutter aber sah nicht — Elsbets z. R. und b. schön. Seiden= tüchlein, das sie — hatte. Sie und der alte Mann — einander an wie —, bis beide — in ein. Augenblick —:

„Bist — du's? o Vater!" „Ellen, Ellen, Kind, — —'- sein!"

Und sie lachten und —, und — einander an und Ellen fragte: „O Vater, kannst — — —?" und der Vater —: „O, Kind, — —'- — gewesen?"

Grammatik.

O, hätte ich doch (nur) meine Thüre aufgemacht!
Wenn ich doch (nur) „ „ „ hätte!
O daß ich (doch) „ „ „ „
Ich wollte, daß ich „ „ „ „
Ich „ ich hätte „ „ „

Regel.—Im **Wunschsatz** steht ebenfalls der **Konjunktiv**, und zwar des **Imperfectums** oder **Plusquamperfectums**, wenn die Erfüllung des Wunsches als unmöglich oder unwahrscheinlich hingestellt wird.

Aufgabe 3.

Der Schüler bilde Wunschsätze wie oben mit dem hier folgenden Satzbaumaterial:—

Zu Hause sein, ein Pferd haben, bessere Bücher haben, aufs Land gehen können, besser deutsch sprechen können, nicht im Hause bleiben müssen; der Knabe will nicht studieren; ich habe kein Geld; die Buben sind so wild; Fritz ist so ungehorsam; ich habe das leider nicht gewußt; unglücklicherweise kamen wir zu spät; es thut mir so leid, daß ich nicht habe gehen können; wir kamen nicht zur Zeit.

Sechzehnter Abschnitt.

Kapitel V. § 4.

„O Vater, es ist kein Glück in einem Bunde[1], den der Eltern Segen* nicht geweiht[2] hat, gestand[3] weinend die reuige[4] Frau. „Du hast recht gehabt; es ist kein guter Mann gewesen, der mich verleitet⁵ hat, meinem Vater ungehorsam⁶ zu werden. Ich habe schwere Tage bei ihm gehabt; zwei Jahre, nachdem ich von dir gegangen, hat er mich verlassen und mein kleines Kind, und ist davon gegangen, weit fort, nach Kalifornien oder wohin, ich habe nie wieder von ihm gehört!"

„O Ellen, und du bist's gewesen in jener Nacht?"

„Ich wollte mich aufmachen und zu meinem Vater gehen und sagen: ‚Vater, ich habe gesündigt im Himmel und vor dir.' Als du mich von dir getrieben, da habe ich das erkannt als Gottes Gericht⁷, und gern hätte ich sterben mögen⁸, aber mein Kindlein sah mich an mit so hellen Aeuglein und streckte seine Händlein nach mir aus.

„Da bin ich umher gewandert im Elend, bis ich an einen Hof⁹ gekommen bin, wo sie mich als Magd aufgenommen haben, und gestattet¹⁰, daß ich mein Kind bei mir behalten durfte. Ich habe treu gearbeitet; ich dachte, ich wolle an meinem Kinde gut machen, was ich verschuldet¹¹ an meinem Vater, und wolle sie erziehen¹² in der Furcht Gottes und im Gehorsam, und Gott sei Dank, meine Elsbet ist ein braves, gehorsames Kind geworden. Ich habe oft noch nach meinem Vater gefragt, aber dein Haus und Hof war verkauft, und niemand hat mehr von dir gewußt.

„Als ich so viel verdient¹³ hatte, daß ich für mich habe leben können, bin ich mit Elsbet hierher gezogen, es hatte mich immer so verlangt¹⁴, noch einmal eine eigene Heimat zu haben mit meinem Kinde. Hier konnten wir leben von unserer Hände Arbeit; aber ich habe nicht mehr geglaubt, daß der liebe Gott noch so barmherzig¹⁵ sein werde und mich wieder zu meinem Vater führen. Und so lang sind wir so nahe beisammen gewesen und haben es nicht gewußt!"

Und auch der Vater erzählte von der langen und trüben, einsamen Zeit, die er gehabt. Dann saßen sie still beisam=

men, das Kind zwischen sich, und alles war Friede und Versöhnung.[16]

Der Schulmeister war leise fortgegangen; er hatte noch ein paar Knaben und Mädchen zusammengeholt, die dem alten Poppel einen besonderen Gefallen[17] thun wollten.

Das Christbäumchen war drinnen längst abgebrannt; nur das volle, klare Mondlicht strömte in das niedrige Stübchen, als draußen von hellen Kinderstimmen der Weihnachtsgesang ertönte:

„Ehre sei Gott in der Höhe und Friede auf Erden und den Menschen ein Wohlgefallen."

Worterklärung.

[1] Der **Bund**, von „binden", syn. die Verbindung, die Alliance, die Konföderation; auch Kontrakt, Testament, z. B.: Gott machte einen Bund mit Abraham; die Israeliten waren „das Volk des Bundes". * Der **Segen**. Der Prediger spricht den Segen am Schluß des Gottesdienstes. In vielen Familien erbittet man Gottes Segen, wenn man sich zum Essen zu Tische setzt. [2] **Weihen**, syn. heiligen; vergl. „Weih"nacht(en). [3] **Gestehen**, gestand, gestanden; syn. Ja sagen, bekennen. Wenn der Dieb den Diebstahl „gesteht" oder „eingesteht", so sagt er damit: Es ist wahr, ich habe gestohlen. [4] **Reuig**, von Reue [vergl. rue]. Wenn es uns sehr leid thut, ein Unrecht gethan zu haben, so sind wir „reuig", wir „bereuen" das Unrecht. [5] **Verleiten**: falsch leiten (führen), den unrechten Weg leiten. [6] **Ungehorsam** ist ein Kind, wenn es nicht „auf" seine Eltern „hört". [7] Das **Gericht**, von „richten", wörtlich: „recht" machen; derjenige, welcher das zu thun versucht, ist ein „Richter". Die Herren „John Marshall" und „John Jay" waren berühmte „Oberrichter" im Ober„bund"es„gericht" in den ersten Zeiten des amerikanischen Bundes (= Union). Herr „Allison" ist ein bekannter „Richter" in Philadelphia. Den Tag, wo alles recht gemacht werden wird, nennt die Bibel „das jüngste Gericht". [8] „Gern **hätte** ich sterben **mögen**" bedeutet: gern hätte ich gewünscht zu sterben. [9] Der **Hof**, syn. der Bauernhof, die Farm. [10] **Gestatten**, syn. erlauben, zugeben. [11] **Verschulden**, von „Schuld" [vergl. Abschnitt XIII. Wort 4] syn. sündigen, unrecht thun. [12] **Erziehen**, erzog, erzogen [vergl. Abschnitt IX. Wort 23]. [13] **Verdienen** bedeutet wörtlich: „dienend" erlangen (bekommen). Der „Diener"

und das „Dienst"mädchen haben das erste Recht auf den Gebrauch des Zeitwortes „dienen". Ein gutes „Dienstmädchen" „verdient" hier zu Lande leicht $4.00 die Woche. Wer „Geld verdienen" will, muß fleißig und sparsam sein. „Du Kerl ‚verdienst' nicht, daß dich die Sonne bescheint," sagte der erzürnte Herr zu seinem Gärtner, welchen er im Schatten eines Baumes schlafen fand. Kopernikus, Kepler und Isaac Newton haben „sich" sehr „verdient gemacht" um die Förderung der astronomischen Wissenschaft. Bismarck und Gladstone sind, jeder nach seiner Art, sehr „verdienstvolle" Staatsmänner. „Dem Verdienst seine Krone", sagt das deutsche Sprichwort. [14] „**Es verlangt mich**": unpersönliches Zeitwort, syn. ich habe das Verlangen, den Wunsch. Der Herr sprach am Abend vor seinem Tode zu seinen Jüngern: „‚Mich hat herzlich verlangt', das Osterlamm mit euch zu essen, ehe ich sterbe." [15] **Barmherzig**, syn. mitleibig, voll wahrer Liebe. Kennen Sie „das Gleichnis (syn. die Parabel) von dem ‚barmherzigen Samariter' und dem, der unter die Mörder gefallen war"? [16] Die **Versöhnung**, von „versöhnen", syn. wieder vereinigen. Wenn Personen, die einmal Freunde waren, nun aber Feinde sind, wieder Freunde werden, so „versöhnen" sie „sich". [17] Der **Gefallen**: „Jemand einen Gefallen thun" bedeutet: ihm einen Dienst thun, welcher ihm „gefällt".

Aufgabe 1.

(a) Was gestand weinend die reuige Tochter des alten Mannes? Was für ein Mann, sagte sie, sei es nicht gewesen, der sie verleitet **habe**, ihrem Vater ungehorsam zu werden? Was für Tage **habe** sie bei ihm gehabt? Was **habe** er gethan zwei Jahre, nachdem sie ihren Vater verlassen **habe**? Wohin **sei** er gegangen? **Habe** sie jemals wieder von ihm gehört? Was **habe** sie dann in ihrer großen Not thun wollen? Als was **habe** sie es erkannt, als ihr Vater sie von sich getrieben **habe**? Was hätte sie da gern thun mögen? Warum **habe** sie aber den Tod dann doch nicht herbeigewünscht? Wohin **sei** sie nach langem Herumwandern im Elend gekommen? Als was **habe** man sie da aufgenommen, und was **habe** man ihr gestattet? Wie **habe** sie gearbeitet?

Was **habe** sie gedacht, daß sie thun **wolle**? Was für ein Kind **sei** Elsbet mit Gottes Hilfe denn auch geworden? Nach wem **habe** sie oft gefragt? Warum **habe** sie nichts über ihn ausfindig machen können? Was **habe** sie gethan, als sie Mittel genug gehabt **habe**, um für sich leben zu können? Was **habe** es sie verlangt, noch einmal zu haben? Wovon **hätten** sie dort (in Neubruch) leben können? [Warum „hätten"? Wenn die Form des Konjunktivs des Präsens (haben) dieselbe ist wie die des Indikativs (haben), so ist der Konjunktiv des Imperfectums (hätten) vorzuziehen.] Was **habe** sie aber nicht mehr geglaubt? Wovon erzählte (Indikativ) der Vater gleichfalls? Wie saßen sie beisammen an jenem Christabend? Was hatte der Schulmeister mittlerweile gethan? Wie war die Nacht? Was ertönte plötzlich draußen von hellen Kinderstimmen?

(b) Der Schüler erkläre: der Bund, der Segen, weihen, gestehen, reuig, verleiten, ungehorsam, das Gericht, der Hof, gestatten, verschulden, erziehen. Was können Sie sagen über das Wort „verdienen"? Welches unpersönliche Zeitwort bedeutet: „ein Verlangen nach etwas haben"? Synonym für mitleidig? Was verstehen Sie unter dem Wort „die Versöhnung"? Was thut derjenige, welcher jemand einen Dienst thut, der diesem gefällt? Hauptformen von: erziehen und gestehen.

Aufgabe 2.

„O Vater, es ist kein Glück in ein. —, den der Eltern — nicht — hat," — weinend die — Frau. „Du hast recht gehabt; es — kein gut. Mann gewesen, der mich — hat, meinem Vater — zu werden. Ich habe schwer. Tage bei — gebabt; zwei Jahre, nachdem ich von — gegangen, hat er mich — und mein klein. Kind, und ist — gegangen, weit fort, — Kalifornien oder —, ich habe — wieder von — gehört!"
„O Ellen, und du —'— gewesen in jener Nacht?"

„Ich wollte mich — und zu mein. Vater gehen und sagen: ‚Vater, ich habe — im Himmel und vor —.' Als du mich von dir —, da habe ich das — als Gottes —, und gern — — sterben —, aber mein Kindlein sah mich an mit so hell. Äuglein und streckte sein. Händlein nach mir aus.

„Da — — umher gewandert im Elend, bis ich an — Hof gekommen —, wo sie mich als Magd — haben, und —, daß ich mein Kind — mir behalten —. Ich habe treu —; ich dachte, ich — an mein. Kinde gut machen, was ich — an mein. Vater, und — sie — in der Furcht Gottes und im —, und Gott — Dank, meine Elsbet ist ein brav., gehorsam. Kind —. Ich habe oft noch nach mein. Vater gefragt, aber dein Haus und Hof war —, und niemand hat mehr von dir —.

„Als ich soviel — hatte, daß ich für mich habe leben —, bin ich mit Elsbet hierher —; — hatte — immer — verlangt, noch einmal eine — Heimat zu haben mit mein. Kinde. Hier konnten wir leben von unser. Hände —; aber ich habe nicht mehr —, daß der liebe Gott noch so — sein — und mich wieder zu mein. Vater führen. Und so lang sind wir so nahe — gewesen und haben es nicht —!"

Und auch der Vater — von der lang. und trüb., einsam. Zeit, die er gehabt. Dann — — still beisammen, das Kind zwischen sich, und alles war — und —.

Der Schulmeister — leise —; er hatte noch ein paar Knaben und Mädchen zusammengeholt, die dem alt. Poppel — besonder. Gefallen thun wollten.

Das Christbäumchen war drinnen längst —; nur das volle, klare Mondlicht strömte in — niedrig. Stübchen, als draußen von hell. Kinderstimmen — Weihnachtsgesang ertönte:

„— sei Gott in der — und — auf Erden und — Menschen ein —."

Grammatik.

Ich hätte gern sterben **mögen** (statt: gemocht).

Der Alte hat aber nicht mitgehen **wollen** (statt: gewollt).

Genug, daß ich für mich habe leben **können** (statt: gekonnt).

Frau Hall hat im Elend herumwandern **müssen** (statt: gemußt).

Die Buben haben nicht hinaus zu dem alten P. gehen **sollen** (statt: gesollt), aber sie haben nicht zu Hause bleiben mögen (statt: gemocht).

Elsbet hatte den Alten nicht allein lassen wollen (statt: gewollt).

Ich hätte dich früher heimführen sollen (statt: gesollt).

Der alte Poppel hatte die Buben kommen **hören** (statt: gehört).

Der alte Poppel hatte die Buben kommen **sehen** (statt: gesehen).

Er hat sie den Baum nicht haben **lassen** (statt: gelassen).

Er hat Elsbet heimgehen **heißen** (to bid) (statt: geheißen).

Was folgt aus diesen Beispielen?

[Siehe Anhang VII, Regel.]

Verzeichnis der in den einzelnen Abschnitten behandelten grammatischen Gegenstände.

Abschnitt 1. S. 7 - 8: Stellung des Zeitwortes in der indirekten (= abhängigen) Frage.
„ 2. S. 11–12: Doppelte Form der relativen Fürwörter.
„ 3. S. 15–16: Der Konjunktiv in der indirekten Rede (und gewöhnlich in der indirekten oder abhängigen Frage).
„ 4. S. 21: Singular der relativen Fürwörter.
„ 5. S. 26: Plural „ „ „
„ 6. S. 31–32: Konjunktiv nach „als ob" und „als wenn".
„ 7. S. 37–38: Gebrauch des Konjunktivs anstatt des Konditionalis.
„ 8. S. 44–45: Ueber die trennbaren Zeitwörter.
„ 9. S. 51–52: Konjunktiv in hypothetischen Sätzen.
„ 10. S. 58–59: Präpositionen, welche den Dativ und Accusativ regieren.
„ 11. S. 64–65: Deklination des Adjektivums.
„ 12. S. 71: Ueber die Inversion.
„ 13. S. 77: Inversion, Transposition, trennbare Zeitwörter.
„ 14. S. 83–84: Participialkonstruktion.
„ 15. S. 89: Der Wunschsatz.
„ 16. S. 94–95: Ueber das Perfectum der Hilfszeitwörter der Aussageweise.

Anhang.

I. Deklination.

Die Hauptwörter der deutschen Sprache teilt man am bequemsten in folgende fünf Klassen:—

1. Die **männlichen** und **sächlichen** Hauptwörter mit den Endungen **er, el, en, chen, lein.** Die Deklination derselben ist wie folgt:—

		Singular.	Plural.
Nom.:	(the)	der Finger	die Finger
Gen.:	(of the)	des Fingers	der Finger
Dat.:	(to the)	dem Finger	den Fingern
Acc.:	(the)	den Finger	die Finger.

	Singular.	Plural.
Nom.:	das Kloster	die Klöster
Gen.:	des Klosters	der Klöster
Dat.:	dem Kloster	den Klöstern
Acc.:	das Kloster	die Klöster.

2. Die **männlichen** Wörter mit der Endung **e** und viele **männliche Fremdwörter** mit dem **Accent auf der letzten Silbe,** wie: Student, Präsident, Advokat, Monarch, u. s. w.

	Singular.	Plural.
Nom.:	der Knabe	die Knaben
Gen.:	des Knaben	der Knaben
Dat.:	dem Knaben	den Knaben
Acc.:	den Knaben	die Knaben.

	Singular.	Plural.
Nom.:	der Student	die Studenten
Gen.:	des Studenten	der Studenten
Dat.:	dem Studenten	den Studenten
Acc.:	den Studenten	die Studenten.

3. (*a*) Die meisten **anderen männlichen** und **sächlichen** Hauptwörter bekliniert man wie folgt:—

	Singular.	Plural.
Nom.:	der Ball	die Bälle
Gen.:	des Balles	der Bälle
Dat.:	dem Ball(e)	den Bällen
Acc.:	den Ball	die Bälle.

	Singular.	Plural.
Nom.:	das Jahr	die Jahre
Gen.:	des Jahres	der Jahre
Dat.:	dem Jahr(e)	den Jahren
Acc.:	das Jahr	die Jahre.

(*b*) Die **einsilbigen** sächlichen Hauptwörter bilden jedoch den Plural gewöhnlich mit der Endung er, z. B.: das Haus, Häuser; Glas, Gläser; Ei, Eier; Band, Bänder; Land, Länder; Nest, Nester; Buch, Bücher, u. s. w.

4. Die **einsilbigen weiblichen** Hauptwörter:—

	Singular.	Plural.
Nom.:	die Stadt	die Städte
Gen.:	der Stadt	der Städte
Dat.:	der Stadt	den Städten
Acc.:	die Stadt	die Städte.

5. Die **mehrsilbigen weiblichen** Hauptwörter:—

	Singular.	Plural.
Nom.:	die Blume	die Blumen
Gen.:	der Blume	der Blumen
Dat.:	der Blume	den Blumen
Acc.:	die Blume	die Blumen.

II. Deklination des Adjektivums.

(a) Mit bem **bestimmten** Artikel und mit den Fürwörtern: dieser, diese, dieses (this), jener, jene, jenes (that), jeber, jebe, jebes (every), mancher, manche, manches (many a), solcher, solche, solches (such), welcher, welche, welches (which):—

	Masc.	Fem.	Neutr.
Nom.:	der gute*	die gute*	das gute*
Gen.:	des —en	der —en	des —en
Dat.:	dem —en	der —en	dem —en
Acc.:	den —en	die —e*	das —e*

Plural (M., F. und N.).

Nom.:	die guten
Gen.:	der —en
Dat.:	den —en
Acc.:	die —en

(b) Mit bem **unbestimmten** Artikel: ein, eine, ein; dem unbestimmten Zahlwort: kein, keine, kein (no), und ben besitzanzeigenden Fürwörtern: mein, meine, mein (my), dein, deine, dein (thy), sein, seine, sein (his), ihr, ihre, ihr (her), sein, seine, sein (its), unser, unsere, unser (our), euer, eure, euer (your), Ihr, Ihre, Ihr (your), ihr, ihre, ihr (their):—

	Masc.	Fem.	Neutr.
Nom.:	ein guter*	eine gute*	ein gutes*
Gen.:	eines —en	einer —en	eines —en
Dat.:	einem —en	einer —en	einem —en
Acc.:	einen —en	eine —e*	ein —es*

Plural (M., F. und N.).

Nom.:	meine guten
Gen.:	meiner —en
Dat.:	meinen —en
Acc.:	meine —en

(c) **Ohne** Artikel oder Fürwort:—

	Masc.	Fem.	Neutr.
Nom.:	guter	gute	gutes
Gen.:	—es (en)	—er	—es (en)
Dat.:	—em	—er	—em
Acc.:	—en	—e	—es

Plural (M., F. und N.).

Nom.:	gute
Gen.:	—er
Dat.:	—en
Acc.:	—e

III. Präpositionen.

(a) Die hauptsächlichsten Präpositionen, welche den **Dativ** regieren, sind:—

aus	mit	von	seit	gegenüber
bei	nach	zu	entgegen	außer.

(b) Die folgenden regieren den **Dativ** auf die Frage **wo?** und den **Accusativ** auf die Frage **wohin?**

an	neben	unter
auf	in	vor
hinter	über	zwischen.

(c) Den **Accusativ** regieren folgende:—

für   durch   ohne   um   gegen.

(d) Folgende Präpositionen regieren den **Genitiv**:—

| außerhalb | oberhalb | diesseit | längs |
| innerhalb | unterhalb | jenseit | mittelst |

statt (anstatt), während, wegen, u. s. w.

IV. Persönliche Fürwörter.

Erste Person.

	Singular.		Plural.	
Nom.:	**Ich,**	I	**wir,**	we
Gen.:	meiner,	of me	unser,	of us
Dat.:	mir,	to me	uns,	to us
Acc.:	mich,	me	uns,	us

Zweite Person.

	Singular.		Plural.	
Nom.:	**du,**	thou	**ihr,**	ye
Gen.:	deiner,	of thee	euer,	of you
Dat.:	dir,	to thee	euch,	to you
Acc.:	dich,	thee	euch,	you

oder:—

Nom.:	**Sie,**	you	**Sie,**	you
Gen.:	Ihrer,	of you	Ihrer,	of you
Dat.:	Ihnen,	to you	Ihnen,	to you
Acc.:	Sie,	you	Sie,	you

Dritte Person.

	Singular.			Plural.	
Nom.:	**er,**	he			
Gen.:	seiner,	of him			
Dat.:	ihm,	to him			
Acc.:	ihn,	him			
Nom.:	**sie,**	she	Nom.:	**sie,**	they
Gen.:	ihrer,	of her	Gen.:	ihrer,	of them
Dat.:	ihr,	to her	Dat.:	ihnen,	to them
Acc.:	sie,	her	Acc.:	sie,	them
Nom.:	**es,**	it			
Gen.:	seiner,	of it			
Dat.:	ihm,	to it			
Acc.:	es,	it			

Es thut mir leid, I am sorry
Es thut dir leid, thou art "
Es thut ihm leid, he is "
Es thut ihr leid, she " "
Es thut ihm leid, it " "
Es thut uns leid, we are "
Es thut euch leid, ye " "
Es thut Ihnen leid, you " "
Es thut ihnen leid, they " "

V. Hilfszeitwörter.

1. Haben (to have).

Präsens.

Indikativ.	Konjunktiv.
Ich habe	Ich habe
du hast	du habest
er, sie, es hat	er, sie, es habe
wir haben	wir haben
(ihr habt)	(ihr habet)
Sie haben	Sie haben
sie haben	sie haben.

Imperfectum.

Indikativ.	Konjunktiv.
Ich hatte	Ich hätte
du hattest	du hättest
er, sie, es hatte	er, sie, es hätte
wir hatten	wir hätten
(ihr hattet)	(ihr hättet)
Sie hatten	Sie hätten
sie hatten	sie hätten.

Perfectum.

Indikativ.	Konjunktiv.
Ich habe gehabt	Ich habe gehabt
du hast gehabt,	du habest gehabt,
u. s. w.	u. s. w.

Plusquamperfectum.

Indikativ.
Ich hatte gehabt
du hattest gehabt,
u. s. w.

Konjunktiv.
Ich hätte gehabt
du hättest gehabt,
u. s. w.

Futurum.

Indikativ.
Ich werde haben
du wirst haben
er, sie, es wird haben
wir werden haben
(ihr werdet haben)
Sie werden haben
sie werden haben

Konjunktiv.
Ich werde haben
du werdest haben
er, sie, es werde haben
wir werden haben
(ihr werdet haben)
Sie werden haben
sie werden haben.

Konditionalis.

Ich würde haben
du würdest haben
er, sie, es würde haben
wir würden haben
(ihr würdet haben)
Sie würden haben
sie würden haben

oder ich hätte
„ du hättest
„ er, sie, es hätte
wir hätten
(ihr hättet)
Sie hätten
sie hätten.

Imperativ.

Habe (du)   hab(e)t (ihr)   haben Sie.

2. Sein (to be).

Präsens.

Indikativ.
Ich bin
du bist
er, sie, es ist
wir sind
(ihr seid)
Sie sind
sie sind

Konjunktiv.
Ich sei
du seiest
er, sie, es sei
wir seien
(ihr seiet)
Sie seien
sie seien.

Imperfectum.

Indikativ.	Konjunktiv.
Ich war	Ich wäre
du warst	du wärest
er, sie, es war	er, sie, es wäre
wir waren	wir wären
(ihr waret)	(ihr wäret)
Sie waren	Sie wären
sie waren	sie wären.

Perfectum.

Indikativ.	Konjunktiv.
Ich bin gewesen	Ich sei gewesen
du bist gewesen,	du seiest gewesen,
u. s. w.	u. s. w.

Plusquamperfectum.

Indikativ.	Konjunktiv.
Ich war gewesen	Ich wäre gewesen
du warst gewesen,	du wärest gewesen,
u. s. w.	u. s. w.

Futurum.

Indikativ.	Konjunktiv.
Ich werde sein	Ich werde sein
du wirst sein,	du werdest sein,
u. s. w.	u. s. w.

Konditionalis.

Ich würde sein	oder ich wäre
du würdest sein,	„ du wärest,
u. s. w.	u. s. w.

Imperativ.

Sei (du)   seid (ihr)   seien Sie.

3. Werden (to become).

Präsens.

Indikativ.	Konjunktiv.
Ich werde	Ich werde
du wirst	du werdest
er, sie, es wird	er, sie, es werde
wir werden	wir werden
(ihr werdet)	(ihr werdet)
Sie werden	Sie werden
sie werden	sie werden.

Imperfectum.

Indikativ.

Ich wurde
du wurdest
er, sie, es wurde
wir wurden
(ihr wurdet)
Sie wurden
sie wurden

Konjunktiv.

Ich würde
du würdest
er, sie, es würde
wir würden
(ihr würdet)
Sie würden
sie würden.

Perfectum.

Indikativ.

Ich bin geworden
du bist geworden,
u. s. w.

Konjunktiv.

Ich sei geworden
du seiest geworden,
u. s. w.

Plusquamperfectum.

Indikativ.

Ich war geworden
du warst geworden
u. s. w.

Konjunktiv.

Ich wäre geworden
du wärest geworden,
u. s. w.

Futurum.

Indikativ.

Ich werde werden
du wirst werden,
u. s. w.

Konjunktiv.

Ich werde werden
du werdest werden,
u. s. w.

Konditionalis.

Ich würde (werden)
du würdest (werden),
u. s. w.

Imperativ.

werde (du)   werdet (ihr)   werden Sie.

VI. Das Zeitwort.

1. Das regelmäßige.

Präsens.

Indikativ.	Konjunktiv.
Ich liebe	Ich liebe
du liebst	du liebest
er, sie, es liebt	er, sie, es liebe
wir lieben	wir lieben
(ihr liebt)	(ihr liebet)
Sie lieben	Sie lieben
sie lieben	sie lieben.

Imperfectum.

Indikativ.	Konjunktiv.
Ich liebte	Ich liebte
du liebtest	du liebtest
er, sie, es liebte	er, sie, es liebte
wir liebten	wir liebten
(ihr liebtet)	(ihr liebtet)
Sie liebten	Sie liebten
sie liebten	sie liebten.

Perfectum.

Indikativ.	Konjunktiv.
Ich habe geliebt	Ich habe geliebt
du hast geliebt,	du habest geliebt,
u. s. w.	u. s. w.

Plusquamperfectum.

Indikativ.	Konjunktiv.
Ich hatte geliebt	Ich hätte geliebt
du hattest geliebt,	du hättest geliebt,
u. s. w.	u. s. w.

Futurum. **Konditionalis.**
Ich werde lieben. Ich würde lieben.
(S. Fut. von haben.) (S. Konb. von haben.)

Imp.: Liebe (du) lieb(e)t (Ihr) lieben Sie.
Infin.: lieben zu lieben.

Participium Präsentis: liebend.
„ Perfecti: geliebt.

2. Das unregelmäßige Zeitwort.

Präsens.

Indikativ. Konjunktiv.

Ich sehe Ich sehe
du siehst du sehest
er, sie, es sieht er, sie, es sehe
wir sehen wir sehen
(ihr seht) (ihr sehet)
Sie sehen Sie sehen
sie sehen sie sehen.

Imperfectum.

Indikativ. Konjunktiv.

Ich sah Ich sähe
du sahst du sähest
er, sie, es sah er, sie, es sähe
wir sahen wir sähen
(ihr saht) (ihr sähet)
Sie sahen Sie sähen
sie sahen sie sähen.

Perfectum.

Indikativ. Konjunktiv.

Ich habe gesehen Ich habe gesehen
du hast gesehen, du habest gesehen,
u. s. w. u. s. w.

Plusquamperfectum.

Indikativ. Konjunktiv.

Ich hatte gesehen Ich hätte gesehen
du hattest gesehen, du hättest gesehen,
u. s. w. u. s. w.

Futurum.
Ich werde sehen, u. s. w.
(S. Fut. von haben.)

Konditionalis.

Ich würde sehen, oder			ich	sähe
du würdest ,, ,,			du	sähest
er, sie, es würde ,, ,, er, sie,			es	sähe
wir würden ,, ,,			wir	sähen
(ihr würdet ,, ,,			ihr	sähet)
Sie würden ,, ,,			Sie	sähen
sie würden ,, ,,			sie	sähen.

Imper.:   sieh (du)   seh(e)t (ihr)   sehen Sie.
Infin.:   sehen   zu sehen.

Part. Präs.:   sehend.
Part. Perf.:   gesehen.

8. Das Passivum.

Das Passivum des Zeitwortes bildet man mit dem Hilfszeitwort **werden** (S. V, 3) und dem Participium Perfecti,
z. B.:—

Präsens.

Ich werde geliebt,   I am loved.
du wirst   ,,
er, sie, es wird   ,,
wir werden   ,,
(ihr werdet   ,,)
Sie werden   ,,
sie werden   ,, .

Imperfectum.
Ich wurde geliebt,   I was loved.
u. s. w.

Perfectum.
Ich bin geliebt worden,   I have been loved.

Plusquamperfectum.
Ich war geliebt worden,   I had been loved.

Futurum.

Ich werde geliebt werden,   I shall be loved.

Konditionalis.

Ich würde geliebt (werden),   I should be loved.

4. Das trennbare Zeitwort.

Infin.:   anfangen, **anzufangen,** to begin.

Präsens.

Ich fange an
du fängst an
er, sie, es fängt an
wir fangen an
(ihr fangt an)
Sie fangen an
sie fangen an

Imperfectum.

Ich fing an.

Perfectum.

Ich habe angefangen

Plusquamperfectum.

Ich hatte angefangen.

Futurum.

Ich werde anfangen.

Konditionalis.

Ich würde anfangen.

Imperativ.

Fange (du) an, fang(e)t (ihr) an, fangen Sie an.

Participium Präsentis.

Anfangend.

Participium Perfecti.

Angefangen.

Hauptformen der Hilfszeitwörter der Aussageweise.

(MODAL AUXILIARY VERBS.)

Infinitiv.		Präsens.		Imperfectum.		Participium Perfecti.
		Indikativ.	Konjunktiv.	Indikativ.	Konjunktiv.	
Können,	to be able,	Ich kann,	könne,	konnte,	könnte,	gekonnt.*
Wollen,	to be willing, to wish,	„ will,	wolle,	wollte,	wollte,	gewollt.*
Müssen,	to be obliged,	„ muß,	müsse,	mußte,	müßte,	gemußt.*
Sollen,	shall, ought,	„ soll,	solle,	sollte,	sollte,	gesollt.*
Mögen,	may, like, etc.,	„ mag,	möge,	mochte,	möchte,	gemocht.*
Dürfen,	to be permitted,	„ darf,	dürfe,	durfte,	dürfte,	gedurft.*

* Mit dem Infinitiv eines anderen Zeitwortes braucht man die Formen: können, wollen, müssen, sollen, mögen, dürfen anstatt: gekonnt, gewollt etc. [Vergl. Abschnitt XVI, Grammatik.]